Peter Tremayne

Der Todesstein

Peter Tremayne

Der Todesstein
Irische
Gruselgeschichten

Aus dem Englischen
von Gabriele Haefs

Rotbuch Verlag

Die Deutsche Bibliothek – CIP-Einheitsaufnahme

Tremayne, Peter:
Der Todesstein : Irische Gruselgeschichten / Peter Tremayne. [Aus
dem Engl. von Gabriele Haefs]. - Hamburg : Rotbuch Verlag, 1999
    ISBN 3-434-53022-3

© Europäische Verlagsanstalt/Rotbuch Verlag, Hamburg 1999
Originaltitel: Aisling and Other Irish Tales of Horror
© Peter Tremayne 1992
Umschlaggestaltung: +malsy
Umschlagfoto: Network
Herstellung: Das Herstellungsbüro, Hamburg
Satz: Rüdiger Mohrdieck
Gesetzt aus der Stempel Garamond
Druck und Bindung: Clausen & Bosse, Leck
Printed in Germany

Inhalt

Traum

AN MEINEN BRUDER IN CHRISTO, Bruder
Antonio Urbino, *Ordinis Sancti Benedicti,* im
Päpstlichen Kolleg, Rom; von seinem Freund Máirtín
Ó Meadhra, *Ordinis Praedicatorum,* Pfarrer aus Inis
Deisceart in der Grafschaft Kerry, Irland, am 11. Sep-
tember 1952.

Heute habe ich mit diesem Brief an Dich begonnen,
auch wenn ich nicht weiß, wann ich ihn beenden
werde, denn auf dieser einsamen, windgebeutelten Insel
legt nur so selten ein Boot an, daß es vielleicht Monate
dauern wird, ehe ich ihn abschicken kann. Deshalb will
ich mich damit zufriedengeben, daß ich mit diesem
Brief anfange, um später bei passender Gelegenheit zur
Feder zu greifen und Dir von den höchst seltsamen
Dingen zu erzählen, die ich erlebt habe, seit ich das
Seminar in Rom verlassen habe und auf diese Insel
gekommen bin, um mich um das Seelenheil einer
Handvoll von Heiden zu kümmern.
  Es ist eine große Freude für mich, Dir auf Englisch
schreiben zu können, ich brauche Übung in dieser
Sprache, da sie auf der Insel weder gesprochen noch

verstanden wird. Mir geht sie dadurch verloren, und das will ich nicht, denn ich möchte, so Gott will, nicht mein ganzes Leben als Landpfarrer verbringen. Doch ich muß das Englische beherrschen, wenn ich in eine bessere Gegend zu gebildeten und vornehmen Menschen geschickt werden will. Denn unsere irische Sprache wird zwar noch viel gesprochen, aber sie erlebt doch einen Niedergang, von dem sie sich wohl kaum je wieder erholen wird. Eine nie dagewesene Hungersnot hat vor wenigen Jahren zwei Millionen Menschenleben gekostet, eine Million ist verhungert oder den mit einer Hungersnot einhergehenden Krankheiten erlegen, eine Million ist nach Amerika ausgewandert. Die meisten von diesen Menschen sprachen Irisch, und deshalb bedeutet ihr Verlust für die Sprache einen Schlag, den sie nur durch ein Wunder überleben kann.

Die irischen Städte geben sich in Sprache und Sitten ganz englisch, und die verbliebene Landbevölkerung wird mit der Zeit diesem Vorbild folgen. Dublin, unsere wichtigste Stadt, bietet ein gutes Beispiel: Dort gibt es nur 3426 Seelen, die Irisch sprechen, und nur siebenundzwanzig von ihnen können kein Englisch. In der Gesellschaft kann man nur mit englischen Sprachkenntnissen weiterkommen. Doch in der abgelegenen Gegend, in der ich mich hier aufhalte, macht es nichts, wenn solche Kenntnisse fehlen, denn hier ist die alte Sprache noch stark und lebenskräftig.

Doch, mein lieber Bruder in Christo, ich will nun konkreter werden.

Du erinnerst Dich sicher daran, wie wir meine Priesterweihe und meine Aufnahme in den Predigerorden an meinem letzten Tag in der Ewigen Stadt gefeiert haben? Ich sehne mich ja so sehr nach dem italienischen Sonnenschein und dem kalten weißen Wein dieses Landes. Nachdem ich mich von Dir und von meinen Lehrern verabschiedet hatte, trat ich meine lange Reise in das Land meiner Geburt an. Es scheint ein ganzes Menschenleben zurückzuliegen, und doch war es doch erst im vergangenen Frühling. Ich meldete mich bei Seiner Eminenz, dem Erzbischof von Armagh, denn ich hatte aus Rom Briefe für ihn mitgebracht, unter anderem ein warmes Empfehlungsschreiben, das der Vater Prior des Irischen Kollegs für mich ausgestellt hatte. Seine Eminenz hatte ungeheuer viel zu tun, denn unlängst war der Erzbischof von Dublin verschieden, und Seine Eminenz sollte diesem im Amt nachfolgen. Ich hatte gehofft, das Empfehlungsschreiben werde Seine Eminenz dazu veranlassen, mich mit nach Dublin zu nehmen und dort zu einem seiner Sekretäre zu machen. Gottes Wille geschehe.

Seine Eminenz jedoch schickte mich auf eine winzige Insel vor der Küste von Kerry, wo ich eine kleine Herde hüten sollte. Weil ich in den Hügeln von Idagh geboren und aufgewachsen bin, in der Grafschaft Kilkenny, brauche eine Gemeinde, die keine andere Sprache beherrscht, jemanden wie mich, der fließend Irisch spricht, hieß es. Ich wandte ein, daß das Irisch der Provinz Leinster, aus der ich stamme, sich doch stark vom Dialekt der westlichen Inseln unterscheide. Der Erzbischof kümmerte sich nicht um meinen Einspruch und sprach mir von der Notwendigkeit, die nötige Demut zu erwerben, um sich in Gottes Willen zu fügen.

Im vergangenen März traf ich dann also auf dieser Insel ein.

Wenn ich damals schon gewußt hätte, was ich jetzt weiß, dann hätte ich um eine große Welle gebetet, die

9

unser Boot gegen die Felsen geworfen und mich zu einem Tod im feuchten Element verurteilt hätte. Gott behüte mich vor allem Übel!

Die Insel heißt Inis Deisceart, das bedeutet, »südliche Insel«, denn sie liegt im Süden einer Inselgruppe namens Na Blascaodaí oder, wie es auf Englisch ausgesprochen wird, »The Blaskets«. Diese Inseln liegen vor der Halbinsel Corcadhuibhne und bilden damit die am weitesten westlich gelegene irische Inselgruppe überhaupt. Es sind seltsame Landmassen, wie Gipfel, die von den Hügeln des Festlandes abgetrennt wurden und nun in den ruhelosen wilden Wellen des Atlantiks liegen. Winzige Eilande umgeben von zerklüfteten Granitfelsen, die sich zur ewigen Verteidigung gegen die wütenden Angriffe des Ozeans seewärts neigen.

Inis Deisceart, vor der untergehenden Sonne gesehen, ist eine Insel mit einem seltsam gezackten Höhenkamm, der sich an seiner höchsten Stelle fast sechshundert Fuß über dem Wasserspiegel erhebt und an den Kamm eines Kampfhahnes erinnert.

Es war später Nachmittag, als ich die Insel erreichte, angekündigt vom verzweifelten Geschrei der Möwen und anderer eifriger Seevögel, Regenpfeifer und Brachvögel, die das kleine Boot begleiteten, das mich von Dún Chaoin herbrachte, einem kleinen Dorf, abgelegen und einsam, und doch der nächstgelegene Vorposten der Zivilisation auf dem Festland. Ich mußte dort drei Tage warten, bis endlich ein Boot von meiner Insel dort eintraf. Drei sonnenverbrannte und kräftige Inselbewohner erwarteten mich an Dún Chaoins einzigem Kai, mit ihrem zerbrechlich wirkenden Currach, oder, wie die Einheimischen hier sagen, *naomhóg*, was wörtlich übersetzt »kleines Boot« bedeutet. Diese Boote beste-

10

hen aus einem leichten, mit geteertem Segeltuch über-
zogenen Holzrahmen. Durch ihren hohen Bug liegen
sie leicht im Wasser und berühren die Wellen eher, als
daß sie sie zerschneiden.

»Gott und Maria seien mit Euch, Vater«, rief ein
grobknochiger Mann auf Irisch. Ich erwiderte seinen
Gruß höflich und fragte, ob sie von meiner Ankunft
gehört hätten und mich nun zur Insel bringen wollten.
Ein Mann erwiderte, daß meine Ankunft ihnen unbekannt gewesen sei, daß sie mich aber dennoch auf die
Insel übersetzen würden, wenn das mein Wunsch sei.
Ich gebe zu, daß ich zwar noch enttäuscht war, weil ich
nicht in eine angenehmere Pfarrei versetzt worden war,
aber ich war doch auch neugierig auf mein erstes geistliches Amt. Ich brachte also mein Gepäck im Boot
unter und setzte mich nach hinten. Die sechs kurzen
und fast blattlosen Ruder brachten das Wasser zum
Kräuseln, und das *naomhóg* machte sich auf den Weg
durch den Hafen, vorbei an der Küste unterhalb der
Klippen, dann bog es nach Westen ab und hielt auf die
dunkle Silhouette der Insel zu. Noch die leichteste
Berührung des Wassers durch ein Ruder ließ es über
die Wellen tanzen. Einer der Männer im Boot stimmte
mit Tenorstimme ein munteres Ruderlied an, die anderen Männer fielen beim Refrain ein, und das schien sie
beim Rudern noch zu beflügeln.

»Ihr habt wirklich eine angenehme Überfahrt, Vater«, sagte der mir nächstsitzende Ruderer. »Manchmal
schneidet die wütende See die Insel wochenlang vom
Festland ab.«

Wir kamen also auf recht angenehme Weise nach Inis
Deisceart, einen braunen zerklüfteten Felsklumpen, der
mir dermaßen ungastlich vorkam, daß ich kaum fassen

11

konnte, daß dort nicht weniger als vierzig Seelen versuchten, dem düsteren Wasser, das die Insel umgibt, ihren Lebensunterhalt abzuringen. Zwischen den grauen Granitblöcken, mit denen die Insel übersät war, schienen sich mehrere *clocháin* am Boden festzuklammern. *Clocháin,* lieber Bruder, sind Steinhütten, die ohne Mörtel errichtet werden und Ähnlichkeit mit Bienenkörben haben. In solchen Hütten hausen ganze Familien, wie ich feststellen mußte. Es gibt nur wenige nicht ganz so primitive Bauwerke, und zu diesen gehört auch meine Kirche. Kirche! Verzeih meine Verbitterung, aber diese Kirche ist wirklich nur eine kleine Gebetsstätte, in der ich kaum aufrecht stehen kann. Und doch ist sie ein geweihtes Gotteshaus, das zu seinem Schutzheiligen St. Brendan hat, diesen legendären Seefahrer über den westlichen Ozean.

Später sollte ich erfahren, daß ein Großteil meiner Herde nicht auf der Insel geboren ist. Ursprünglich war vor allem an tOileáin Mór bewohnt, die Große Insel. Erst während der Jahre der letzten Hungersnot siedelten viele Menschen vom Festland auf die kleineren Inseln über, auf der Flucht vor Seuchen und Hunger. Wo früher nur wenige Familien gehaust hatten, waren auf diese Weise ganze Dörfer entstanden. Auch auf Inis Deisceart war das der Fall.

Als wir uns dem Ufer näherten, strömten die Inselbewohner neugierig zusammen. Höflich streckten sie die Hände aus, um mir an Land zu helfen. Immer wieder flogen Grüße hin und her, und dabei stellte ich fest, daß die meisten meinen Dialekt ohne große Probleme verstehen konnten. Obwohl ich höflich empfangen wurde, hatte ich den Eindruck, daß diese Höflichkeit vor allem meinem geistlichen Gewand galt und daß ich dahinter mit heimlicher Feindseligkeit und voller Argwohn beobachtet wurde. Man respektierte mich, aber willkommen war ich nicht. Als ich über den Strand ging, hörte ich einen Mann sagen: »Bei der heiligen Taufe, kann denn so ein junger Spund schon Priester sein?« Und ein anderer antwortete: »Meine Güte, er hat gerade erst angefangen, sich zu rasieren, und schon will er uns den Weg zu unserem Seelenheil zeigen.« Unsicher stand ich unter ihnen, ich wußte in diesem Moment einfach nicht, was ich tun sollte, ob ich dem Zorn des Erzbischofs trotzen und auf der Stelle zum Festland zurückkehren wollte. Instinktiv riß ich meinen Mut zusammen und erkundigte mich nach meiner Bleibe.

Die meisten Inselbewohner wandten sich ab, plötzlich hatten sie alle sehr wichtige Dinge zu erledigen und konnten mir deshalb nicht mehr Gesellschaft leisten.

Bis auf ein junges Mädchen verließen mich alle, und dieses junge Mädchen konnte nicht älter sein als achtzehn. Sie war barfuß, wie fast alle Inselbewohner, und trug einen Fetzen von Kleid mit mehr Löchern, als selbst in einer Stadt wie Rom für vertretbar gehalten worden wäre. Ihre Figur konnte sich mit den prachtvollen Marmorstatuen der Meister in jener Stadt messen, so perfekt war sie geformt. Die junge Frau hatte eine weiße Haut, während ihre Haare flammendrot waren, die Sonne, deren helle Strahlen schräg auf uns herabfielen, entfachten darin ein seltsames Feuer. Ihre Augen schienen das launenhafte Temperament der See zum Ausdruck zu bringen, mit atemberaubender Leichtigkeit wechselten sie von ruhigem Grün auf stürmisches Grau über. Ihre Haltung zeigte Stolz, ihr Kinn war vorgeschoben.

»Gott und Maria seien mit Euch, Vater«, sagte sie.

»Gott und Maria und Patrick seien mit dir, meine Tochter«, erwiderte ich, während mein Herz angesichts ihrer ungezähmten Schönheit einen Schlag aussetzte. Ich bin zwar Priester, lieber Bruder, aber darf nicht auch ein Priester die Schönheit der Geschöpfe Gottes bewundern?

»Ich heiße Máire, Vater«, erwiderte sie. »Ich zeige Euch den Weg zu Eurem Haus.«

Noch ehe ich mich bei ihr bedanken konnte, hatte sie sich auch schon umgedreht und lief von den Felsen fort und zur Gebetsstätte, die gleich hinter dem Dorf liegt. Und nicht weit von der Gebetsstätte entfernt befindet sich mein Haus.

Haus! Bei meinem Glauben, Bruder Antonio, wenn Du es nur sehen könntest, um es mit den Behausungen zu vergleichen, die wir in Rom geteilt haben! Und doch ist dieses »Haus« den Bienenkörben der Einheimischen weitaus vorzuziehen. Von nun an will ich es deshalb mit einer korrekteren Übersetzung des irischen Wortes für diese Art Unterkunft benennen, nämlich *bothán*, was »Hütte« bedeutet. Meine Hütte ist viereckig und besteht aus grob behauenen und gelb gekalkten Steinen, die von Lehm zusammengehalten werden. Das Dach ist mit Schilf gedeckt, das bei schweren Regenfällen leicht verfault, deshalb gibt es immer undichte Stellen. Von innen sieht man die Dachbalken. Auch von innen sind die Mauern gelb gekalkt und mit einem Kruzifix und einigen Heiligenbildern von geringer Qualität verziert. Es gibt nur ein Zimmer, *seomra* genannt. Am einen Ende dieses Zimmers befinden sich ein Bett, zwei Stühle, ein Schrank und eine Waschschüssel. Am anderen habe ich einen steinernen Kamin, einen großen offenen

Schornstein, durch den ich das Tageslicht sehen kann. Daneben ragt eine eiserne galgenähnliche Konstruktion auf, an deren beweglichem Arm ein Kochtopf oder Kessel über das Feuer gehängt werden kann. Das ist meine Behausung, und dabei habe ich in den marmornen Gemächern des Vatikans geschlafen, zwischen ihren seidenen Vorhängen, unter den von den großen Meistern der Renaissance bemalten Decken. Doch Gott ruft, und wir müssen Seinem Befehl gehorchen.

Als ich das Haus betrat, empfand ich seltsamerweise einen Hauch von Kälte, ich glaube nicht, mir das eingebildet zu haben. Ich zitterte. Es gibt eine Redensart über diese Empfindung, nämlich, daß jemand über unser Grab geschritten ist. Ich war sehr beunruhigt, als ich auf der kalten Türschwelle stand. Aber das Gefühl legte sich bald, und ich schrieb es der Feuchtigkeit und Düsterkeit meiner Hütte zu.

»Ich mache Euch ein Feuer, Vater«, sagte Máire, als habe sie meine Gedanken lesen können.

»Hat die Insel schon lange keinen Priester mehr gehabt, Máire?« fragte ich, während ich ihr beim Feuermachen zusah.

»Seit dem Beginn des großen Hungers«, lautete die Antwort. So nennen nämlich die Einheimischen die Jahre der Hungersnot.

Ich runzelte die Stirn.

»Und wo besucht ihr die Messe und legt die Beichte ab?«

Máire zuckte mit den Schultern.

»Bei gutem Wetter rudern wir aufs Festland. Aber meistens läßt das Wetter das nicht zu.«

Ich erkannte, wie dringend diese Menschen einen Seelsorger brauchten. Ich dachte daran, wie wir in Rom gelebt hatten, zweimal täglich eine Messe, dreimal täglich, wenn der Engel des Herrn geläutet wurde, zwei Gesetze des Rosenkranzes. Die Menschen hier dagegen müssen im Winter monatelang auf die göttlichen Gnadengaben verzichten. Später erfuhr ich dann, daß aufgrund der einsamen Lage der Insel der Bischof den Leuten die Erlaubnis gegeben hatte, bei Geburten, Hochzeiten und Todesfällen heilige Gelübde abzulegen, die galten, bis diesen Ereignissen der priesterliche Segen erteilt werden konnte.

Máire brauchte einige Zeit, um das Feuer zum Brennen zu bewegen, und als endlich eine Flamme aufloderte, legte sie schwere Torfsoden darauf. Torf ist hier in der Gegend das wichtigste Brennmaterial. Es brennt langsam und ist ideal für die Zubereitung der Eintöpfe und Suppen, aus denen die Kochkunst der Einheimischen vor allem besteht.

»So, Vater«, sagte sie, erhob sich und strich ihr Lumpenkleid gerade. »Das müßte jetzt gut brennen, aber Ihr müßt immer wieder nachlegen. Laßt es nicht ausgehen, sonst müßt Ihr frieren. Wenn Ihr wollt, kann ich jeden Tag vorbeischauen und Euch bei den Hausarbeiten helfen, bis Ihr Euch wirklich eingelebt habt.«

Ich sagte, daß mir das eine große Erleichterung sein werde.

Dann verbrachte ich eine unruhige Nacht in meiner neuen Behausung. Ich sagte mir, daß ich einige Tage brauchen würde, um mich an mein neues Leben zu gewöhnen, an die fremden Gerüche und Geräusche und an das ungewohnte Aussehen dieser unbekannten Umgebung. Ich fand mich schließlich mit meiner Unruhe und der unangenehmen Feuchtigkeit und Kälte ab.

16

Am Morgen brachte Máire einen Korb voller Lebensmittel.

»Ich habe das alles bei den Inselbewohnern eingesammelt«, sagte sie und packte auf dem Tisch alles aus. »Hier sind ein Tütchen Tee, ein wenig Zucker, ein paar Möweneier und Kartoffeln. Wenn die Fischer heute mit gutem Fang zurückkehren, dann bekommt Ihr auch noch Fisch.«

Bruder Antonio, das ist die normale Kost dieser Menschen! Wie sie dabei überleben können, weiß ich nicht, aber Fisch und Kartoffeln, ab und zu angereichert durch die Eier von Seevögeln, viel mehr haben sie selten zu essen. Das allgemeine Hauptgetränk ist Tee, aber man muß lernen, den Tee mit Ziegenmilch zu trinken, es gibt nämlich keine Kühe auf der Insel, nur einige wenige Ziegen. Wenn es etwas Stärkeres sein soll, dann brennt ein Mann namens Seán Rua oder der »rote John« einen Kartoffelschnaps, der *poitín* genannt wird. Einen Kartoffelschnaps! Zu jeder Mahlzeit werden gekochte Kartoffeln aufgetischt, dazu gibt es ein wenig Salz, das sie gewinnen, indem sie Meerwasser an der Sonne verdampfen lassen. Die Inselbewohner haben ein Lied, das ich für Dich übersetzen möchte:

Prátaí ar maidin,
prátaí um nóin,
's dá n-éireochainn
i Meadhon Oíche prátaí gheobhhann!

Kartoffeln in der Früh,
des Mittags in der Brüh,
des Abends in dem Kleid,
Kartoffeln in Ewigkeit!

Jetzt erfaßt Du vielleicht das volle Ausmaß meines trostlosen Daseins auf dieser Insel.

Ich möchte Dich nicht mit einer detaillierten Beschreibung der verschiedenen Inselbewohner langweilen, die ich im Rahmen meiner seelsorgerischen Pflichten kennengelernt habe. Seán Rua scheint ihr wichtigster Sprecher und Anführer zu sein. Von Anfang an verhielten sie sich zumeist höflich, ließen mich aber spüren, daß ich für sie ein Fremder war, ein Außenseiter in ihrer Gemeinschaft. Den einzigen freundschaftlichen Kontakt hatte ich zu der jungen Máire, die mir viele lästige Haushaltspflichten abnahm und mir dadurch mein Einleben in diese spartanischen Gegebenheiten erleichterte.

»Máire«, sagte ich eines Tages. »Ich glaube nicht, daß ich deine Eltern schon kennengelernt habe.«

»Das wird auch nicht passieren«, erwiderte sie. »Denn beide sind tot.«

Ich sprach ihr mein Beileid aus und fragte, wer sich denn um sie kümmere.

Sie lachte munter. »Das schaffe ich ja wohl allein.«

»Aber bei wem lebst du?«

»Bei Diarmuid Mac Maoláin.«

»Und wer ist das?«

»Ein Fischer«, antwortete sie, sie hatte meine Frage nicht verstanden.

»Ich meine, wie ist er mit dir verwandt?«

»Gar nicht«, erklärte sie. »Er ist einfach nur mein Mann.«

»Dein Ehemann? Du bist also mit ihm verheiratet?«
Sie lachte.

»Ach, nein, Vater. Ich mag ihn ja sehr gern, aber zum Heiraten gehört doch Liebe, und ich mag ihn nun wiederum nicht so sehr, daß ich ihn mein Leben lang bedienen würde.«

Ich starrte sie entsetzt an.

»Bei meiner Seele, Kind! Du lebst wie seine Ehefrau mit Diarmuid Mac Maoláin zusammen und bist nicht mit ihm verheiratet? Das muß sich sofort ändern. Am Samstag kommst du mit Diarmuid Mac Maoláin zu mir, damit ich euch trauen kann.«

Sie schnaubte verächtlich.

»Habe ich nicht gesagt, daß ich ihn nicht genug liebe, um ihn zu heiraten? Ich möchte lieber warten, bis ich einen Besseren gefunden habe.«

Ich war zutiefst schockiert.

»Gütige Mutter Gottes! Du willst lieber in Sünden mit einem Mann leben? Kind, weißt du überhaupt, was du da sagst?«

Sie zog einen Schmollmund. »Bei der heiligen Taufe, Euer Kind bin ich nun wirklich nicht. Ihr seid doch selber noch kaum ein Mann!«

Meine Wangen glühten. Es ist schwer, Priester zu sein, wenn wir nur dreiundzwanzig Lebensjahre aufweisen können, die unseren Worten Gewicht verleihen könnten.

»Ich bin dein Vater vor Gott«, sagte ich streng.

»Ihr seid zum Priester geweiht. Aber trotzdem seid Ihr immer noch ein Mann – oder, besser gesagt, ein Junge!«

Sie lachte über mein entsetztes Gesicht und ging hocherhobenen Hauptes von dannen.

An diesem Nachmittag machte ich mich auf den Weg zu Diarmuid Mac Maoláin. Kannst Du Dir mein Erstaunen vorstellen, als ich einen bereits bejahrten Mann traf, einen Mann mit tiefen Furchen in seinem

braunen, wettergegerbten Gesicht und von der Sonne
weißgebleichten Haaren? Ich erfuhr, daß er auf die
Sechzig zuging, mir jedoch kam er sehr alt vor, denn in
ihrem niemals endenden Kampf gegen die rauhen Ele-
mente altern die Menschen hier frühzeitig. Doch
obwohl er mir alt vorkam, war Mac Maoláin doch ein
großer, muskulöser Mann, der mich aus zusammenge-
kniffenen Augen argwöhnisch anstarrte. Ich schwöre
Dir bei Gott, Bruder! Wie er es geschafft hat, ein so
anmutiges junges Mädchen in sein Bett zu locken, ist
mir ein Rätsel. Ich kann aber immerhin erzählen, daß
Mac Maoláin auf dieser Insel geboren worden ist und
naomhóg, Hütte und Netze besitzt. Er ist sein eigener
Herr und nach den bescheidenen Maßstäben der Inselbewohner ein wohlhabender Mann.

Als ich ihm sagte, was mich hergeführt hatte, runzelte er die Stirn.

»*Airiú*«, erwiderte er, mit dem Wort also, das die Inselbewohner für »wirklich?« oder »ach, was?« haben.

»*Airiú*, Vater, Máire heiraten? Ich glaube, es würde mehr
als zwei wie uns brauchen, um der Zügel anzulegen.«

»Erklären Sie das genauer, Mann«, sagte ich.

»Könnt Ihr einen Zaun um das Meer ziehen? Könnt
Ihr im Frühling den scharfen Westwind ergreifen und
ihn bis zum Sommer in einen Krug einsperren? Máire
ist ein wildes Geschöpf, ein Kobold, ein freier Geist.
Ich bin ein alter Mann, Vater. Ich danke Gott einfach
dafür, daß sie mein Haus und, dem Himmel sei Dank,
auch mein Bett teilt, wenn sie gerade in der richtigen
Stimmung ist.«

Meine Bestürzung war mir sicher anzusehen.

»Wissen Sie nicht, daß Sie damit eine schreckliche
Sünde begehen?«

Mac Maoláin spuckte nachdenklich aus.

»Ich brauche mir die Worte der Bibel nicht von einem Knaben erklären zu lassen. Ich bin ein frommer Mann, aber ich bin ein Mann, Ihr aber seid Priester. Ich habe die Bedürfnisse eines Mannes. Ich nehme das Leben hin, das dieses Mädchen mir anbietet, und ich danke Gott dafür. Außerdem habe ich die Worte gesagt, die wir sagen sollten, wenn wegen des stürmischen Wetters kein Priester die Insel erreichen konnte. Máire und ich haben uns vor der Allerseligsten Jungfrau Maria einander versprochen. Da brauchen wir jetzt keinen priesterlichen Segen mehr.«

Wie schon gesagt, von dieser Sondererlaubnis hatte ich ja gehört.

»Und hat Máire diese Worte auch gesagt?« beharrte ich.

Ich sah die Antwort in seinem ausweichenden Blick.

»Ich habe sie gesagt«, wiederholte er hartnäckig.

»Wenn nicht beide aus freien Stücken diese Worte sagen, gilt es vor Gott nicht als Gelübde.«

Sein Gesicht rötete sich vor Zorn. Seine blauen Augen loderten plötzlich wie im Kampfesfieber auf. Er trat einen Schritt auf mich zu und ballte seine riesigen Fischerfäuste. Ich muß zugeben, ich wich ganz spontan angesichts dieser Wut ein Stück zurück.

»Vor Gott und den Menschen gehört Máire mir! Sie ist meine Frau, und niemand soll sich da einmischen. Niemand, weder Bischof noch Kardinal noch Priesterknabe!«

Ich brauchte einen Moment, um meine Fassung zurückzugewinnen. Ich war zwar jung, aber ich war immer noch sein Seelsorger.

»Sie leben mit Máire in Sünde«, sagte ich mit fester Stimme. »Ich will nichts mehr mit euch beiden zu tun haben, solange ihr nicht vor Gott eine vollgültige Beichte über euer Vergehen abgelegt habt und euch bereit erklärt, euch gemäß den Gesetzen der Heiligen Mutter Kirche trauen zu lassen.«

Als ich mich abwandte und losging, hörte ich sein kehliges Lachen.

»Wir haben bis zu Eurer Ankunft sehr gut gelebt. Wir können jetzt auch sehr gut leben... und wenn Ihr wieder weg seid, werden wir auch weiterhin gut leben.«

Ich wanderte zurück zu meiner Hütte und dachte voller Zorn eine Zeitlang über die geringe Moral dieser Insel nach. Ich weiß nicht mehr, wie lange ich vor dem Feuer saß. Ich verlor jegliches Zeitgefühl. Ich merkte nur irgendwann, daß es dunkel war und daß das Feuer nur noch vor sich hinschwelte. In der Hütte war es bitter kalt, und es war so still, daß die Stille meinen Ohren fast wehtat. Ich zitterte und wollte das Feuer neu schüren, aber bei dieser Bewegung entdeckte ich am anderen Ende des Zimmers einen Schatten.

Es war ganz einwandfrei der eines Mannes, das konnte ich trotz der Dunkelheit sehen.

»Wer bist du?« fragte ich.

Es kam keine Antwort, aber zu meinem Entsetzen hob der Schatten einen Arm. Im trüben Licht der schwelenden Asche konnte ich das silbrige Glänzen eines Rasiermessers erkennen, das der Mann in der Hand hielt. Eine rasche Handbewegung folgte, ein erstickter Schrei, dann stolperte die Gestalt noch einige Schritte und sank zu Boden.

Ich hatte das Gefühl, von irgendeiner unbekannten Macht auf den Stuhl gepreßt zu werden. Und dann sprang ich auf, wobei in meinem Gesicht der kalte Schweiß ausbrach.

»Im Namen Gottes!« rief ich und rannte zu der Stelle, wo die Gestalt gestürzt war.

Ach, Bruder Antonio, glaub mir, mir erstarrte vor Grauen das Blut in den Adern, als ich auf dem Boden keinen Leichnam finden konnte. Ich war ganz allein in der Hütte. Ich unterdrückte einen verwunderten Ausruf und machte mich auf die Suche nach Zündhölzern, griff zu meiner kleinen Lampe und schaute mich ungläubig um. Es war kein Zweifel möglich. Ich war allein in meiner Hütte.

Kann es ein Traum gewesen sein, fragst Du jetzt sicher. Vielleicht. Bei genauerem Nachdenken versuchte ich, mir einzureden, ich sei einem grauenhaften Alptraum zum Opfer gefallen. Und doch konnte ich mich an die Szene so lebhaft erinnern, als hätte ich sie mit all meinen Sinnen in mich aufgenommen. Ich zerbrach mir noch lange über diese Vision den Kopf, bis ich endlich in unruhigem Schlaf versank.

Kannst Du Dir meine Überraschung vorstellen, Bruder, als ich am nächsten Morgen davon geweckt wurde, daß Máire Tee kochte und alles für mein Frühstück vorbereitete? Ich setzte mich im Bett auf und runzelte verärgert die Stirn.

»Máire!« sagte ich mit scharfer Stimme. »Habe ich dir und Diarmuid Mac Maoláin nicht deutlich meine Meinung gesagt? Ich will euch nicht mehr sehen, solange ihr nicht bereit seid, vor Gott eine gültige Ehe einzugehen.«

Sie sah mich an, als hätte ich einen lustigen Scherz gemacht.

»*Amaidí chainte!*« sagte sie dann. Mir fiel das Kinn herunter. Ich weiß nicht so recht, wie ich diesen Ausdruck übersetzen soll, aber auf jeden Fall wollte sie damit andeuten, daß ich Unsinn redete.

»Ihr seid kein grauhaariger alter Prediger, der so fromm ist, daß er längst vergessen hat, wie es war, jung zu sein«, sagte sie. »Ihr seid nicht so weit von dieser Welt entfernt, daß Ihr nicht das heiße Blut der Jugend durch Eure Adern strömen spürt.«

Angewidert verließ ich mein Bett, stand in meinem Nachthemd vor ihr und befahl ihr, meine Hütte zu verlassen. Zu meiner Bestürzung kam sie mit spöttischem Lächeln auf mich zu und preßte dann ihren jungen Leib an meinen.

»Aber, Vater«, sie grinste, »ich merke doch, wie du zitterst. Unter deiner Soutane steckt noch genug von einem Mann, um meine Bedürfnisse zu verstehen.«

Gott möge mich schützen, Bruder, sie war der Teufel, der mich versuchen sollte. Ich schloß die Augen und versuchte, nicht an ihren weichen, warmen Körper zu denken, nicht an den Duft des wilden Sommers in ihren flammenden Haaren.

»Gott helfe dir, Máire«, rief ich und fand plötzlich die Kraft, sie energisch wegzustoßen.

Sie fand ihr Gleichgewicht wieder und stand lachend mitten in meiner Hütte.

»Gott helfe dir, Vater«, sie äffte meinen Tonfall nach. »Du bist nicht mehr für ein Priesteramt geschaffen als ich dafür, mein Leben auf dieser gottverlassenen Insel zu verbringen. Und wenn dein Geist diese Wahrheit auch nicht einsehen will, dein Leib stimmt ihr schon zu.«

Ihre Kühnheit hätte mir fast die Sprache verschlagen.

»Was ist das für ein Teufelswerk?« keuchte ich.

»Gar keins, soviel ich weiß. Ich weiß nur, was ich in deinen Augen gesehen habe, als du vom Festland herüberkamst und unsere Blicke sich begegneten. Ich habe gesehen, daß du mich mit Leib und Seele begehrtest, so, wie ich dich begehre, auch wenn dein Priestergeist versucht, mich abzuweisen.«

Ich faßte mir fassungslos an die Stirn. Ob Christus wohl je auf diese Weise in Versuchung geführt wurde, Bruder?

»Raus hier!« konnte ich gerade noch rufen.

»Wie schwächlich deine Worte doch klingen, Vater Máirtín«, flüsterte sie. »Ja, ich gehe. Aber ich komme wieder, und ich werde wiederkommen, bis du zugibst, was Wahrheit ist und was Betrug.«

An diesem Tag beschäftigte ich mich vor allem mit meinem Bericht an den Bischof, ich wollte ihn bei der ersten Gelegenheit aufs Festland schicken. Ich versuchte, das Bild dieses halsstarrigen Mädchens aus meinem Gedächtnis zu verbannen. Nachmittags ging ich in die Kirche, um fünf der während der priesterlosen Zeit auf der Insel geborenen Kinder zu taufen. Abends suchte ich Seán Rua auf, um mich mit den Inselbewohnern ein wenig vertrauter zu machen. Nach einem oder zwei Gläsern von seinem *poitín* gestand Seán Rua mir, daß nicht nur meine Jugend gegen mich spreche, sondern auch die Tatsache, daß ich ein *eachtrannach* bin, ein Fremder aus einer anderen Provinz, was den Argwohn der Inselbewohner erweckt. Schließlich kehrte ich in meine Hütte zurück und machte mich bereit für die Nacht.

Zuerst glaubte ich, jemand habe die Tür geöffnet, denn plötzlich flackerte die Kerze in meiner Hand, und die Flammen im Kamin gerieten in heftiges Zucken. Ich spürte eine kalte Hand in meinem Rückgrat und zitterte heftig.

Ich drehte mich zur Tür um und rechnete damit, daß ein Windstoß sie geöffnet habe.

Doch die Tür war fest verschlossen.

Aber dort, in der düsteren Ecke, konnte ich die dunkle Gestalt eines Mannes sehen, der mir den Rücken zukehrte. Gott möge sich meiner erbarmen! Es war wieder derselbe Traum, doch diesmal schlief ich wirklich nicht. Wie konnte ich also träumen? Ich war hellwach und hielt eine Kerze in der Hand. Und doch sah ich diese Vision so deutlich wie den Kamin und das Feuer.

»Wer bist du?« fragte ich. »Im Namen Gottes befehle ich dir zu sprechen!«

Ich hob die Kerze hoch in die Luft, und meine Kehle schnürte sich zusammen, als ich erkannte, daß die Gestalt die schwarze Soutane eines Priesters trug.

Und dann drehte sich der Kopf der Gestalt langsam zu mir hin, und im Schein der flackernden Kerze, die ich vor ihr Gesicht hielt, sah ich ihr Gesicht. Jesus, Maria und Joseph, bittet für mich! Niemals habe ich ein solches Bild des Leides gesehen. Aus einem knochigen Schädel, über den die Haut sich wie straffes Pergament spannte, starrten zwei schwarze Augen wie offene Fenster, die in die Hölle schauen. Und in diesen grauenhaft gequälten Augen lag noch etwas anderes – eine hoffnungslose Sehnsucht, ein stummer Hilferuf.

»Wer bist du?« konnte ich noch einmal über die Lippen bringen.

Dann hob sich wieder die Hand, wie beim ersten Mal, ich sah die Klinge des Rasiermessers glitzern, sah, wie die Klinge mit einer heftigen Bewegung in die Kehle des Mannes gestoßen wurde. Ich hörte ein ersticktes Keuchen, dann taumelte die Gestalt noch einen Schritt und brach zusammen.

Und während ich sie noch anstarrte und noch immer die Kerze hoch in die Luft hielt, verschwand das Bild.

Ich versuchte, meine Hand zum Segen zu erheben und den Namen unseres Erlösers zu rufen. Was war das nur für eine teuflische Vision? Ein Priester, der Selbstmord begeht – die unverzeihlichste Sünde von allen!

Den Rest der Nacht verbrachte ich in ruheloser Angst, ich war erfüllt von Entsetzen über das, was ich gesehen hatte. Ich stand früh auf, und ich versuchte gerade, das Feuer zum Brennen und das Wasser im Kessel zum Kochen zu bringen, als die Türklinke sich bewegte und Máire das Haus betrat. Ich war zum Spielball meiner Gefühle geworden. Ich weiß, ich hätte diesem unverschämten Geschöpf augenblicklich die Tür weisen sollen, aber nach meinem Alptraum war ich emotional geschwächt und erschöpft. Máire benahm sich so, als sei am Vortag nichts zwischen uns passiert, und ich gab mich damit zufrieden. Es war selbstsüchtig, aber ich mußte mich irgend jemandem anvertrauen, mußte meinen grauenhaften Alptraum erzählen. Und sie war die einzige auf der Insel, von der ich Aufmerksamkeit und Mitgefühl erwarten konnte.

»Das ist eine seltsame Geschichte«, meinte sie, als sie alles gehört hatte. »Aber sicher gibt es eine einfache Erklärung. Ihr seid fremd und nicht an die Insel gewöhnt. Und daraus können seltsame Träume entstehen.«

»Du meinst also, daß ich geschlafen und diesen Spuk nur geträumt habe?« fragte ich fast hoffnungsvoll. Ich ertappte mich dabei, daß ich mich nach ihrer tröstenden Stimme sehnte. Ach, wie schwach ist doch unser gebrechlicher Leib, wie schwankend in seinen Entschlüssen!

Sie setzte sich auf meinen Tisch und streckte ihre langen, wohlgeformten Beine aus, die ihr zerlumptes Kleid nur eben bedeckte.

»Ihr sagt, Ihr habt das Gesicht der Gestalt ganz deutlich gesehen? Zumeist kennen wir doch die Menschen, die uns in unseren Träumen begegnen. Habt Ihr das Gesicht erkannt?«

Ich schüttelte nachdenklich den Kopf und dachte an diese flehenden, gequälten Züge.

»Ich habe ihn nicht erkannt. Nein, da bin ich mir ganz sicher. Es war das Gesicht eines vollständig Fremden.«

Máire zuckte mit den Schultern.

»Es gibt drei Dinge, die im Schlaf zu uns kommen: Träume, die nur seltsame Geschichten sind, die uns im Schlaf durch den Kopf gehen, Alpträume, die einfach nur nächtliche Ängste sind, und dann den *aisling,* eine Vision von vergangenen Ereignissen. Euer Traum war sicher nur ein Alptraum.«

»Wie kann ich mir da sicher sein?«

Sie lächelte. »Ihr seid ein Priester und wißt es nicht?«

»Wie meinst du das?«

»Hier auf der Insel gibt es einen mächtigen Zauber gegen Alpträume.«

»Einen Zauber!« rief ich verächtlich.

»Was sind Gedichte denn, wenn nicht Zauber?« erwiderte sie. »Das *ortha an tromluí* wird von einer Generation an die nächste weitergereicht, als Schutz. Geistliche sagen es seit Jahrhunderten auf, mein lieber Priesterknabe.«

Ich starrte sie wütend an.

»Ich dulde keine Gotteslästerung!« donnerte ich.

»Ich spreche mit dem Knaben im Priestergewand, nicht mit Gott«, entgegnete sie.

Mich erfaßte die Wut, und ich wollte diese freche Person nun wirklich vor die Tür setzen. Ich packte ihre Oberarme, und sie glitt vom Tisch und auf mich zu, ihr

Körper war meinem so nah, daß ich seine weichen Formen spürte. Sie stand so dicht vor mir, daß ihre warmen Lippen meine berührten, und – die Engel mögen mir beistehen! – ich stieß sie erst nach einem sehr langen Moment von mir. Dann fuhr ich herum und stürzte mit heißem Gesicht aus der Hütte.

Was hatte diese Insel, was hatten diese Menschen an sich, das mich in meiner Berufung und in den heiligen Gelübden schwankend machte, die ich der Heiligen Mutter Kirche abgelegt hatte? War ich denn trotz allem nur ein Schwächling?

Als ich an diesem Abend zum Gebet niederkniete, kamen ohne mein Zutun die uralten Worte des *ortha an tromluí* über meine Lippen: »Anna, die Mutter Mariens, und Maria, die Mutter Jesu, und Elisabeth, die Mutter Johannes des Täufers. Mögen diese drei zwischen mir und dem Alptraum stehen, von heute für ein Jahr und eine Nacht. *In nomine Patris et Filii et Spiritus Sancti. Amen.*«

Doch trotzdem stellte die Vision sich abermals ein.

Ich erwachte mitten in der Nacht, und in der Hütte war es ganz dunkel, nur ein letztes Schwelen des sterbenden Feuers war noch zu sehen. Es war eiskalt, und deshalb verließ ich das Bett, um das Feuer wieder anzufachen. Und dann drehte ich mich um und sah die dunkle Gestalt im geistlichen Gewand; sah das ausgezehrte gequälte Gesicht mit den grauenhaften flehenden und auf mich gerichteten Augen. Ich konnte den stummen Hilferuf dieser gefolterten Augen nicht mißverstehen. Dann sah ich die erhobene Hand, sah das Glitzern des Rasiermessers. Ich wollte einen Schrei ausstoßen, wollte die Bewegung seines Arms aufhalten… und dann war die Vision verschwunden.

Es war kein Alptraum, das wußte ich nun sicher, denn hier stand ich in meinem Nachthemd auf dem kalten Boden, ich war hellwach und mir meiner Umgebung voll bewußt; der Kälte, des langsamen, unheilverkündenden Tickens der Uhr auf dem Wandbrett und des sanften Rauschens der See draußen.

Als Máire am nächsten Morgen kam, freute ich mich geradezu, sie zu sehen.

»Es muß ein Traum sein«, sagte sie wegwerfend. »Habe ich Euch nicht geraten, das *ortha an tromluí* zu beten?«

»Gott möge mir vergeben, das habe ich getan«, gestand ich.

Sie sah mich an, und ein kurzes Lächeln huschte über ihren geschwungenen Mundwinkel.

»Ach?« Sie sprach nicht aus, was sie doch ganz offenbar dachte. Statt dessen zog sie einen Schmollmund und seufzte. »Dann ist es kein Alptraum. Was Ihr seht, ist sicher ein *aisling*.«

Ich zitterte und schlug das Kreuzzeichen.

Bruder Antonio, ich muß Dir erklären, was ein *aisling* ist. Es ist das irische Wort für eine Vision. Als uraltes keltisches Volk neigen wir zu Visionen, und Geschichten über Visionen bilden einen Teil unserer alten Literatur. Unser geliebter Sankt Fursa, der in England Klöster gründete und sich dann nach Frankreich begab, wo er *Anno Domini* 648 in dem von ihm gegründeten Kloster zu Péronne bestattet wurde, ist der Verfasser eines großartigen *aisling*-Berichtes, der ältesten Geschichte dieser Art, die uns erhalten geblieben ist. Heilige, Gelehrte und Dichter haben von ihrem *aisling* erzählt, und wer einen sieht, gilt als von Christus gesegnet.

Während Máire mein Frühstück machte, dachte ich über das alles nach.

Wenn mein *aisling* mir ein Ereignis aus der Vergangenheit zeigte, was hatte das dann zu bedeuten? Hatte sich irgendein bedauernswerter Priester in der Hütte, die ich nun bewohnte, das Leben genommen? Es ist eigentlich unvorstellbar, daß ein Priester seine Gelübde dermaßen vergessen kann, daß er diese schreckliche Todsünde begeht. Und doch mußte es so sein. Denn ich hatte die Vision gehabt, und sie war mir aus irgendeinem besonderen Grund gesandt worden.

»Hat hier auf der Insel schon einmal jemand eine solche Vision gehabt, Máire?« fragte ich schließlich.

Sie schüttelte heftig den Kopf.

»Das wüßte ich bestimmt.«

»Du hast auch nie gehört, daß sich ein Priester hier in der Hütte das Leben genommen hat?«

Wieder schüttelte sie den Kopf.

»Dann sag mir, Máire, wer kennt sich mit der Geschichte dieser Insel aus? Wer könnte von einem längst vergangenen Ereignis wissen, wie ich es hier gesehen habe?«

»Ihr müßt den *seanchaí* fragen«, sagte sie sofort. »Selbst wenn es nur noch eine vage Erinnerung an eine solche Tat gibt, wird er es wissen.«

Ich beschloß, diesen Mann sofort aufzusuchen.

Dael Mac an Bháird ist der *seanchaí* der Insel, eine Art offizieller Geschichtenerzähler, in seinem Gedächtnis ruhen Geschichte, Genealogien, Folklore und Sagen der Gegend. Er ist ein alter Mann, der mit seinem Sohn in einem der *clocháin* haust und der seinen Wissensschatz nun an diesen Sohn weiterreicht. Der Alte glaubt, daß seine Zeit bald gekommen sein wird, und er möchte die mündlichen Überlieferungen erhalten. Ich ging zu seinem *clocháin* und fand ihn bei diesem guten Wetter draußen sitzend vor. Er sah mich den Hang heraufkommen und begrüßte mich höflich.

»Gottes Friede, Vater.«

»Gott segne alle hier«, erwiderte ich und setzte mich neben ihn ins Gras.

»Ich höre, daß Sie die Geschichte der Insel erzählen können?« fragte ich dann ohne weitere Umschweife.

»Ich bin der *seanchaí*«, erwiderte er gewichtig. »Und das war auch mein Vater und dessen Vater und vor diesem alle Söhne des Dichters.«

Ich muß hier einfügen, Bruder Antonio, daß der Name Mac an Bháird »Sohn des Dichters« bedeutet, so ist seine Anspielung zu verstehen.

»Kennen Sie die Geschichte der Priester dieser Insel?« fragte ich.

Er dachte nach. »Die kenne ich, meiner Treu.«

»Hat sich jemals auf der Insel ein Priester das Leben genommen?«

Der alte Mann zog überrascht die Augenbrauen hoch.

»Gott schütze uns vor allem Übel! Wie kommt Ihr auf diese Idee? Es ist doch eine schwerwiegende Sünde für einen Priester, Selbstmord zu begehen!«

»Es ist eine entsetzliche Sünde, aber ist das auf dieser Insel einmal passiert?«

Der alte Mann musterte mich lange und nachdenklich, dann seufzte er tief.

»Es gibt eine solche Geschichte, Vater. Ich habe sie von meinem Vater und dieser von seinem, und so geht es über viele Generationen. Jeder *seanchaí* hat nun aber geschworen, nur seinem Nachfolger davon zu erzählen.«

32

Ich bewegte ungeduldig die Hand.

»Ich muß die Geschichte hören.«

Der alte Mann blickte mich voller Sorge an.

»Ich habe den Eid abgelegt, sie nur dem nächsten *seanchaí* und sonst niemandem zu erzählen.«

»Ich entbinde Sie von diesem Eid.«

Er zögerte noch immer, und wie durch eine Inspiration fiel mir eine Lösung ein.

»Sie können sie mir in der Beichte erzählen. Bei meiner Seele, dann ist sie durch das Beichtgeheimnis geschützt.«

Der alte Mac an Bhaird dachte nach und schien erleichtert zu sein.

»Es ist vor langer Zeit passiert, als Cromwell die Geißel unseres Volkes war. Es ist vor langer Zeit passiert, als die Iren von ihrem Land vertrieben und über den Shannon nach Westen getrieben wurden, wo sie bleiben mußten, wenn sie nicht ihr Leben einbüßen wollten. Alle Iren, die im Osten des Flusses gefunden wurden, wurden ermordet oder als Sklaven nach Barbados geschafft. Die Engländer töteten alle Priester, derer sie habhaft werden konnten, auf jeden Priester wurde ein Kopfgeld von fünf Pfund ausgesetzt. Einige wenige hatten das Glück, zusammen mit ihren Schutzbefohlenen in den amerikanischen Kolonien verkauft zu werden.«

Ich seufzte ungeduldig. Schließlich ist diese traurige Geschichte allen bekannt. Die irische Erinnerung an diese grauenhaften Tage ist so lebhaft wie eh und je.

»Aber was war mit diesem Priester?« drängte ich.

»Er war ein junger Mann, der erst vor kurzem sein Amt angetreten hatte. Eines Nachts, so heißt es, ritten die englischen Soldaten in sein Dorf, ermordeten die alten Leute und nahmen die arbeitsfähigen Männer und Frauen und die Kinder gefangen, um sie zu den Barbados-Schiffen zu treiben. Der junge Priester floh in die Dunkelheit hinaus. Er blieb in der Stunde der Gefahr nicht bei seiner Gemeinde. Er ließ sie im Stich und begab sich ganz allein auf unser Eiland Inis Deisceart, wohin, wie er glaubte, kein englischer Soldat ihm folgen würde. – *Airiú!* Aber vor seinem Gewissen konnte er nicht davonlaufen. Er mußte immer wieder daran denken, daß er seine Herde verlassen hatte, als diese ihn ganz besonders brauchte. Er grübelte so lange in seiner einsamen Melancholie, bis er sich selber nicht mehr ertragen konnte. Er war jung. Vielleicht war das seine einzige Sünde.«

»Ist das die Geschichte?«

»Das ist alles, was ich weiß«, sagte Mac an Bháird und nickte.

Ich erhob mich, segnete ihn und sein Haus und ging.

In meiner Hütte erwartete mich Diarmuid Ó Maoláin. Er stand vor dem Feuer, und seine riesigen Fäuste ballten und öffneten sich immer wieder. Er wollte mir nicht ins Gesicht blicken, aber ich sah doch, daß eifersüchtige Wut seine Züge zur Maske erstarren ließ. Sein Gesicht war rot angelaufen, aber das kam nicht nur vom Zorn, sein Atem roch deutlich nach starkem Schnaps.

»Haltet Ihr mich für blind, Vater?« waren seine ersten Worte, er hatte weder einen Gruß für mich noch Achtung vor meinem Amt.

»Durchaus nicht, Mac Maoláin«, antwortete ich ernst. »Wie kommen Sie auf diese Idee?«

Mac Maoláin zeigte auf die Einrichtung meiner Hütte.

»Hier macht sich eine Frau zu schaffen, das weiß die ganze Insel.«

»Das ist doch nicht schlimm«, verteidigte ich mich. »Máire tut nur ihre Christenpflicht, wenn sie ihrem Priester behilflich ist. Es ist schade, daß die anderen Pfarrkinder nicht so darauf bedacht sind, den Dienern Gottes das Leben zu erleichtern.«

Nach dieser kühnen Behauptung starrte Mac Maoláin mich nun doch an.

»Máire ist jetzt also eine beispielhafte Christin?« spottete er nach kurzem Zögern. »Und dabei wolltet Ihr sie doch nicht mehr sehen, solange wir nicht verheiratet sind? Jetzt erfahre ich, daß sie jeden Tag herkommt und …«

»Ich versuche, sie zu Gottes Wahrheit zu führen«, fiel ich ihm ins Wort, und mir brach im Gesicht der kalte Schweiß aus, während ich versuchte, die leise Stimme zu überhören, die mir ins Ohr zu flüstern schien: »Du sollst kein falsches Zeugnis ablegen.« O, Bruder Antonio, wer wüßte besser als ich, daß Lügen nicht nur ein Übel an sich sind, sondern daß sie noch dazu unsere Seelen ins Verderben ziehen. Eine Lüge ist wie ein Säbelhieb, denn die Wunde mag heilen, die Narbe jedoch wird bleiben.

Jetzt blickte Mac Maoláin mir in die Augen. Ich versuchte, seinen Blick fest zu erwidern, aber ich mußte ihn dann doch wieder senken.

»Ihr seid ein junger Mann, Vater Máirtín«, sagte er jetzt mit sanfter Stimme, nun hatte er seinen Zorn unter Kontrolle. »Ihr seid ein Priester, aber Ihr seid auch ein junger Mann. Und Ihr seid ein gutaussehender Mann von hoher Intelligenz. Ich dagegen bin nur ein armer, ungebildeter Fischer. Ihr seid ein Fremder, ein Vertreter der Welt, die fremd, aber verlockend ist; einer Welt, die unbekannt, aber betörend erscheint. Máire ist wie eine Biene im Sommer… sie fliegt zwischen den Blumen hin und her, wird von der Schönheit der einen und der Farbe der anderen angezogen. Ich kann in ihren Augen sehen, was ihr Herz bewegt.«

Ich versuchte, mich zusammenzureißen und streng die Stirn zu runzeln.

»Mann, vergessen Sie etwa mein geistliches Amt? Sie bezichtigen mich einer entsetzlichen Sünde! Ich bin mit der Heiligen Mutter Kirche verheiratet!«

Mac Maoláin starrte mich lange an, dann sagte er:

»*Airiú*, die Priester haben nicht immer enthaltsam gelebt. Fragt Dael Mac an Bháird, den Geschichtenerzähler. Ich habe gehört, daß früher sogar die Päpste Kinder gezeugt haben. Daß Priester anders gekleidet sind als andere Männer und vor einem Altar Gebete sprechen, tut doch ihrer Männlichkeit keinen Abbruch.«

»Das reicht jetzt, Mac Maoláin«, sagte ich zornig. »Sie wissen offenbar nicht, was Sie sagen oder was Sie mir da vorwerfen!«

Mac Maoláin beugte sich plötzlich vor und packte so plötzlich und eisenhart meinen Arm, daß mein Herz loshämmerte.

»Ich weiß, was in Máire vor sich geht. Ich kenne ihre Seele. Aber Eure Seele kenne ich nicht, Vater Máirtín. Ich bin gekommen, um Euch zu sagen, daß sich eine düstere Wolke über diese Insel gelegt hat, als Ihr Euren ersten Fuß an Land setztet; die Wolke hängt noch immer über uns. Geht! Geht weg von hier, Ihr seid hier unerwünscht.«

Ich war außer mir vor Entrüstung.

»Die Wolke war bereits hier, als ich in dieser Hochburg des Heidentums eingetroffen bin!« fauchte ich. »Das Übel hat bereits vor meinem Eintreffen hier geherrscht! Schauen Sie in Ihre eigene Seele, Mac Maoláin! Sie leben in fleischlicher Sünde, nicht ich.«

Er stieß einen grauenhaften Fluch aus und stürzte aus der Hütte.

Die Vision stellte sich diesmal in der Abenddämmerung ein.

Wieder sah ich die schattenhafte Gestalt, ich sah sein schwarzes Priestergewand, sah das flehende, gequälte Gesicht, sah die erhobene Hand, sah das glitzernde Rasiermesser.

Und erst nachdem die Vision wieder verschwunden war, kam mir der Gedanke: Dieser *aisling* wird nur mir und sonst niemandem auf der Insel gezeigt. Warum? Weil ich auch Priester bin und deshalb den Spuk mit dem heiligen Sakrament segnen und von seiner Sünde lossprechen kann. Als ich mir das alles genau überlegt hatte, sah ich ein, daß ich die Wahrheit gefunden hatte. Ich hatte es mit einem gequälten, der Erde verhafteten Geist zu tun, einem rastlosen Geist, der Vergebung dafür suchte, daß er seine Herde im Stich gelassen und dann die schreckliche Sünde des Selbstmordes begangen hatte. Plötzlich konnte ich es kaum erwarten, daß die Vision sich wieder einstelle, um dann einem Amtsbruder, dessen Seele endlich in Frieden ruhen sollte, diesen Liebesdienst zu erweisen.

Am nächsten Morgen stand ich früh auf. Ich ging zum Strand und machte einen Spaziergang über die sandige Fläche. Ich hatte mein Meßbuch bei mir und suchte darin die für den Exorzismus, mit dem ich die der Erde verhaftete Seele, die mich verfolgte, von ihren

Sünden befreien konnte. Ich war so in meine Suche vertieft, daß ich mich immer weiter vom Dorf entfernte, bis endlich eine Ansammlung von Felsen mir den Weg versperrte. Ich blieb stehen und überlegte, ob ich hinüberklettern oder zu meiner Hütte zurückgehen sollte. Dann hörte ich einen Gruß, der alle anderen Gedanken vertrieb.

Ich drehte mich zum Meer hin und sah einen weißen Arm, der mir zuwinkte, ich sah im Licht des frühen Morgens die flammenden Haare und wußte, dort war Máire.

Ich sah zu, wie sie langsam zum Ufer schwamm, sah ihre langen weißen Arme träge das blaue Wasser zerteilen.

»Gott schütze dich«, rief sie, als sie sich dem Ufer näherte, dann erhob sie sich ungeniert aus der schaumigen Brandung und kam auf mich zu, so nackt wie am Tag ihrer Geburt.

Gott schütze mich vor der Sünde! *Ich bin ein Mann!* Ich bin ein Mann! Meine Wangen röteten sich, aber meine Augen tranken die Schönheit ihres Körpers. Ich sah, daß sie mich unter ihren gesenkten Lidern musterte, dann lächelte sie züchtig. Ich wollte mich räuspern, wollte mich von ihr abwenden, doch das alles war unmöglich. Die fleischliche Sünde ließ meinen Körper erbeben und meine Nerven zittern.

Sie beobachtete mich, als sei sie sich des harten Kampfes bewußt, der in meinem Körper und meiner Seele tobte. Und wie gut sie meine Gedanken lesen konnte. Sie wußte, daß ich alles aufgeben und mich ins Innerste der Hölle verdammen würde, um ihren weichen weißen Leib berühren und diese warmen roten Lippen spüren zu können. Sie wußte es. O ja, und sie hatte es immer gewußt.

»Darf ich mich bedecken?« fragte sie kokett und nickte zu ihrem zerlumpten Kleid hinüber, das sie achtlos in der Nähe auf die Felsen geworfen hatte.

»Nein! Noch nicht!«

Ich konnte nicht glauben, daß diese gepreßte Stimme meine eigene sein sollte. Die Leidenschaft ließ mein Gesicht brennen.

Sie drehte sich mit einem Lächeln zu mir um, einem triumphierenden Lächeln, trat einen Schritt auf mich zu und hob wie zu einem Willkommensgruß die Arme. Kein Wort fiel, kein Wort war nötig. Sie hatte die ganze Zeit recht gehabt. Ich bin ein Mann.

Und danach? Scham und Entsetzen über meine Tat jagten mich von ihr fort, ohne daß ich etwas sagen konnte. Zutiefst erniedrigt rannte ich zu meiner Hütte, ließ mich auf die Knie fallen und hob um Vergebung flehend die Arme. Ich wünschte mir so sehr, ich hätte niemals meinen Fuß an den Strand gesetzt, ach, wäre ich doch niemals auf diese Insel gekommen. Aber Sünden können nicht rückgängig gemacht, sie können nur vergeben werden. Und doch, Bruder Antonio, wie soll ich jemals den Mut finden, diese fleischliche Sünde zu beichten? Gott weiß davon, und doch finde ich Seine entsetzliche Gerechtigkeit weniger schlimm als meine Angst vor meinen Brüdern in Christo. Wie werden sie mich für meine Tat verachten! Du bist mein wahrer Freund, mein Bruder in Christo, sag mir, was ich zu tun habe, Bruder Antonio. Wie kann ich Erlösung finden?

Es muß um die Mittagszeit gewesen sein, als mich donnernde Faustschläge gegen die Tür meiner Hütte aus meinen fieberhaften Reuegebeten rissen. Welche neue Heimsuchung mochte das sein? Wollte Diarmuid

Mac Maoláin sich an mir rächen? Die Vorstellung, daß die ganze Insel von meiner Missetat erfahren könnte, ließ mich zögern. Doch dann hörte ich vor der Tür Seán Ruas Stimme:

»Gott schütze uns, Vater. Seid Ihr zu Hause?«

Ich versuchte, mich zu sammeln, öffnete die Tür und starrte die erregten Gesichter der Menschen an, die mich draußen erwarteten. Unter ihnen war Seán Rua, sein Gesicht war weiß und vor Entsetzen verzerrt.

»Ihr müßt mitkommen, Vater! Zum Strand!«

»Was ist passiert?« fragte ich, als er meinen Arm packte und mich mit sich ziehen wollte.

»Gott sei uns gnädig, es geht um Máire. Sie liegt tot am Strand.«

Ich erstarrte, konnte mich nicht rühren, mein Herz hämmerte.

»Ich ... ich verstehe nicht.«

»Bei Eurer Liebe zu Christus, Vater, kommt jetzt weiter!« drängte Seán Rua. »Natürlich hat Diarmuid Mac Maoláin Máire umgebracht!«

Wie im Traum ließ ich mich zu der Stelle bei den Felsen ziehen.

Dort lag Máire. Sie lag dort in ihrem zerrissenen Kleid, lag auf der Seite, schien zu schlafen, ein Arm war lässig ausgestreckt, der andere hing herab. Ein häßlicher roter Striemen zog sich über ihren Kopf. Das Instrument, das ihn verursacht hatte, war leicht zu finden, denn neben ihr lag ein *sleaghán*. Das ist ein besonderer Spaten mit einer einseitigen Schwinge, mit dem die Einheimischen Torf für ihre Feuer stechen.

Ich kniete neben ihr nieder und fühlte ihr den Puls, aber es war offensichtlich, daß sie diese Welt schon verlassen hatte. Gott sei ihr gnädig. Ich murmelte die Worte der Absolution.

Danach stand ich auf und schaute die Inselbewohner an.

»Wo ist Mac Maoláin?« fragte ich mit kalter Stimme. Ich schien nichts mehr empfinden zu können. Vielleicht stand ich unter Schock. Ich konnte auch die arme Máire nicht betrauern; ich konnte Mac Maoláin nicht hassen, ich fühlte mich nicht schuldig. Ich spielte jetzt einfach nur eine Rolle. »Habt ihr Beweise dafür, daß er der Mörder ist?«

Seán Rua trat vor.

»Ich war hinten auf dem Hügel und habe alles gesehen, Vater. Máire saß hier auf den Felsen, und ich sah, wie Mac Maoláin zu ihr ging. Er kam aus dem Torfstich dort hinten.« Seán Rua streckte den Zeigefinger aus. »Und er hatte seinen *sleaghán* in der Hand. Ich hörte ihre zornigen Stimmen. Gott helfe mir, aber dann hob er den *sleaghán* und schlug erbarmungslos zu.«

Er verstummte, und die Menge brach in erstauntes Gemurmel aus.

»Ich schrie auf«, sagte Seán Rua dann, »und Mac Maoláin blickte auf und sah mich. Er ließ den *sleaghán* fallen und rannte den Strand entlang in Richtung Dorf.«

»Das ist wirklich wahr«, schaltete ein anderer sich ein. »Er lief über den Strand und ließ sein *naomhóg* zu Wasser. Ich habe ihn noch gefragt, wohin er denn so eilig wollte, aber er gab mir keine Antwort.«

Ich biß mir auf die Lippe.

»Er will also zum Festland?« fragte ich seufzend, ich fand, diese Lösung liege doch nahe.

»Das nicht«, antwortete der Fischer. »Er steuerte die Rückseite der Insel an.«

Seán Rua zeigte auf den sich verdüsternden Himmel, an dem schwarze Sturmwolken hin und her jagten.

»Es ist ein schlechter Augenblick, um dort unterwegs zu sein, Gott schütze ihn. Vielleicht will er sich Gott übergeben.«

»Er will sich Gott übergeben?« fragte ich nachdenklich. »Wie meinen Sie das?«

Der alte *seanchaí*, Dael Mac an Bháird, antwortete:

»In alten Zeiten, Vater, wenn jemand eine grauenhafte Sünde begangen hatte, dann ruderte er in seinem *naomhóg* auf die Rückseite der Insel, wo der Atlantik sich an den Granitklippen bricht und eine Landung am Ufer unmöglich wird. Dort wartete er dann den Sturm ab. Es lag bei Gott, ob er darin ertrank oder überlebte. Wenn er überlebte, dann gingen alle davon aus, daß Gott ihm verziehen habe. So war die alte Gerechtigkeit.«

Ich kann Dir die Tausende von Gedanken nicht schildern, Bruder Antonio, die mir durch den Kopf jagten. Hatte Mac Maoláin Máire und mich zusammen gesehen? Und hatte das in ihm einen solchen übermächtigen Zorn ausgelöst, daß er Máire erschlagen hatte und nun den sicheren Selbstmord anstrebte? In meiner seltsamen gefühlsmäßigen Taubheit wanderte ich zurück zu meiner Hütte, während der Sturm über der Insel losbrach. Wie immer Gottes Wille aussehen mochte, ich wußte nur zu gut, welches Schicksal dem Mann beschieden war, der allein in seinem Segeltuchboot zwischen den Atlantikbrechern unterwegs war. Ich wußte auch, daß ich seine Sünde teilte, und mehr als das. Máires Tod, Mac Maoláins Tod, für beides war ich verantwortlich.

Der Himmel verdüsterte sich immer mehr, und nur ab und zu erhellte ein Blitz meine Hütte, als ich vor dem Kamin saß und das von Máire entfachte Feuer herabbrennen sah, bis das letzte Schwelen zu toter Asche geworden war.

Seltsamerweise fühlte ich mich Mac Maoláin sehr nah, ich spürte seine Qualen in dem von den Wellen umhergeschleuderten *naomhóg*. Ich spürte, wie die salzige See das kleine Segeltuchboot in der schwarzen schäumenden Wut umherwarf … hierhin, dorthin – bis es an den zerklüfteten Granitfelsen zerschellte, bis es zu tausend Holzsplittern geworden war, bis Diarmuid Mac Maoláins Seele plötzlich ins Jenseits übertrat.

Ich brach in heftiges Zittern aus. Wieder hatte ich das Gefühl, das mir inzwischen so vertraut war, die plötzliche Kälte im Rückgrat. Als ich mich darauf vorbereitete, was jetzt passieren würde, als ich mich umdrehte, um die düstere Szene anzustarren, überkam mich ein grauenhaftes kaltes Entsetzen. Dort stand die Gestalt in der schwarzen Soutane. Ein flackernder Blitz zeigte mir die bleichen, gequälten, totenschädelhaften Züge – die dunklen, flehenden, auf mich gerichteten Augen.

Ich versuchte, nicht an Máire und Mac Maoláin zu denken. Ich mußte dieser gemarterten Seele helfen, mußte dem jungen Priester zum Frieden verhelfen. Er hatte seine Herde verlassen, und in seinen elenden Grübeleien hatte er sich das Leben genommen. Doch waren nicht allein seine Jugend und seine fehlende Erfahrung an seiner Sünde schuld gewesen?

»Im Namen Christi und aller Heiliger«, rief ich und hob das Kruzifix, um damit das Kreuzzeichen zu beschreiben. »Friede sei deiner Seele! In Christi heiligem Namen, deine Taten sind dir vergeben. Gehe in Frieden!«

Sofort verwandelte sich die Gestalt. Der Totenschädel zeigte einen Moment lang die frischen Züge eines gutaussehenden jungen Mannes. Sein Gesicht war von Frieden und Erlösung geprägt. Eine Sekunde lang blickte mich der junge Mann in stummer Dankbarkeit an.

Dann war er verschwunden. O mein Gott! Das Gesicht verschwand, nicht aber der Schatten in der schwarzen Soutane.

Ich starrte ihn voller Verwirrung an. Ein plötzlich aufflackernder Blitz ließ das erhobene Rasiermesser glitzern. Ich konnte sehen, wie die Klinge sich öffnete, ich sah so hilflos wie bisher immer zu, wie die Klinge sich senkte.

Doch ich hatte den gequälten Geist doch erlöst – hatte gesehen, daß er mich erfüllt von Frieden und Glückseligkeit verlassen hatte!

Ein neuer Blitz flammte auf. Ich sah ein anderes Gesicht, das mich aus dem Schatten heraus anstarrte. Ich konnte seine Züge deutlich erkennen, als sich das Rasiermesser senkte, sah deutlich den roten Schnitt über seiner Kehle, dann fiel der Schatten zu Boden und war verschwunden.

Ich sprang rückwärts und schrie vor Entsetzen auf, kalte Hände umklammerten mein hämmerndes Herz.

Wir sind alle Gefangene unserer Taten. Jede Tat hat ihre Folgen, die sie legitimieren oder aufheben, und deshalb müssen wir dem Schöpfer für alles, was wir tun, Rechenschaft ablegen. Ich hatte eine schwere Sünde begangen und konnte deshalb niemandem die Absolution erteilen, ohne dafür bezahlen zu müssen.

Der *aisling* war keine Vision aus der Vergangenheit mehr. Er war eine Vision aus der Zukunft. Er zeigt meine Buße für meine entsetzliche Sünde, und ich bete, daß Gott mir vergeben möge.

Als ich in das Gesicht meines *aislings* starrte, hatte ich das Gefühl, in einen Spiegel zu blicken. Das flehende bleiche Gesicht war mein eigenes.

Zünde eine Kerze für meine Seelenruhe an, lieber Bruder in Christo. Lebewohl.

Der Todesstein

W as in aller Welt ist das?« fragte meine Frau Catherine. Ich hörte den Immobilienmakler mit den Füßen scharren. »Das?« Er zögerte und fand dann seinen Enthusiasmus wieder. »Das könnten Sie als besonderen Reiz des Anwesens bezeichnen, Madam. Es ist ein Menhir.«

»Ein was?«

»Ein Hinkelstein.« Die Stimme des Maklers klang fast schon stolz. Er schien andeuten zu wollen, daß wir von dieser Tatsache beeindruckt zu sein hätten.

»Sie wissen schon … eins von diesen Monumenten aus prähistorischen Zeiten. Hier in Irland werden Sie häufig darauf stoßen.«

»Aber was hat dieses Monument mitten im Garten zu suchen?« fragte Catherine, die das hohe Alter des Hinkelsteins nicht weiter zu beeindrucken schien.

»Tinashan ist ein altes Haus. Das ist übrigens die Bedeutung des irischen Namens – *Tigh-na-sean,* um korrekt zu sein. Angeblich ist es auf einer vorgeschichtlichen Kultstätte errichtet worden. Sie sehen ja, daß das Haus oben auf den Klippen steht und Ausblick auf die

Shannonmündung hat. Sehen Sie dort drüben Scattery's Island, Sir … o!«

Ich konnte mir richtig vorstellen, wie der Mann sich auf die Zunge biß und vor Verlegenheit errötete. Ich lächelte kurz.

»Schon gut. Ich mag ja blind sein, Mr. O'Brien, aber ich kann vor meinem geistigen Auge durchaus Landschaften entstehen lassen. Beschreiben Sie mir das Grundstück doch bitte.«

Der Makler klang ein wenig bedauernd, als er danach weiter erzählte. »Das Haus steht hinter uns. Der Garten fällt von einer kleinen Steinterrasse zu einem Rasen hin ab, der sich bis zu den Granitklippen hinzieht. Die sind etwa hundert Fuß entfernt. Sie fallen zweihundert Fuß zum Shannon hin ab. Sie brauchen sich aber keine Sorgen zu machen, Sir. Ehe Sie die Klippen erreichen, stoßen Sie auf die Steinmauer, die den ganzen Garten umgibt. Außerdem steht am Klippenrand ein Stacheldrahtzaun, damit Schafe oder Kühe nicht abstürzen können.«

»Und wo genau steht nun dieser Menhir?« fragte ich.

Catherine antwortete mit verächtlichem Schnauben:

»Mitten auf dem Rasen, Fergus.«

»Hat er auch eine Geschichte?« fragte ich neugierig. Ich hatte noch nie von Leuten gehört, bei denen im Garten ein Monolith stand.

»Davon gehe ich aus, Sir. Aber ich bin nicht von hier, ich stamme aus Limerick. Sie müßten einen von den alten Männern aus dem Dorf fragen.«

Ich spürte Catherines Hand auf meinem Arm.

»Na, Fergus? Schlagen wir zu?«

»Es ist wunderschön hier, Sir«, säuselte der Makler. »Wir vermieten hier häufig an Künstler. Ich bin sicher, daß Sie sich hier wohl fühlen werden, Sir. Jede Menge Menschen, mit denen Sie sich unterhalten können.«

»Mein Mann möchte nicht gestört werden.« Catherines Stimme klang plötzlich scharf. »Deshalb suchen wir ein möglichst abgelegenes Haus. Wir wollen hier Ruhe und Frieden haben. Sie wissen doch, mein Mann ist Komponist. Er war einige Zeit krank, und er braucht nicht nur Arbeitsruhe, sondern auch die Möglichkeit, wieder zu Kräften zu kommen.«

Ich runzelte die Stirn und fragte mich, warum Catherine dem Mann schon wieder von meiner Krankheit erzählte. Sie hatte sie schon erwähnt, als wir den Makler einige Zeit zuvor in seinem Büro aufgesucht hatten.

»Also, was machen wir, Fergus?« wollte sie dann wissen.

»Was meinst du, Cathy?«

»Ich finde, das hier ist genau das Richtige«, antwortete sie.

»Dann nehmen wir es.«

»Ein weiser Entschluß, Sir«, sagte O'Brien munter. »Äußerst weise. Ein schönes Haus, und erst die Landschaft ...«

Er verstummte. Er hatte sich schon wieder blamiert. Es ist erstaunlich, wie oft sehende Menschen Dinge erwähnen, die sie sehen, und statt das ganz normal zu finden, versuchen sie, das zu vertuschen, aus Angst, die Nichtsehenden damit zu kränken.

»Können wir Ende der Woche wohl einziehen?« fragte Catherine.

»Sie können einziehen, sowie der Vertrag unterschrieben ist«, versicherte der Agent.

»Wo steht nun dieser Menhir?« fragte ich. Ich fand es noch immer aufregend, daß ein alter Megalith in meinem Garten stehen sollte.

Catherine wußte, worauf ich hinauswollte.

»Genau geradeaus, Fergus, an die fünfzig Schritte weiter.«

Ich schwenkte meinen Stock, ging los und merkte, wie unter meinen Füßen weicher Rasen die Steinplatten ersetzte. Als ich neunundvierzig Schritte gezählt hatte, traf mein Stock auf ein Hindernis, und ich streckte die Hand aus. Das war er. Ich spürte seine rauhe Oberfläche, den abgeschliffenen verwitterten Granit und die scharfen Kanten.

Ich hörte, wie der Makler seine Stimme senkte, er dachte vielleicht, ich könne ihn nicht hören.

»Ich bin von Ihrem Mann sehr beeindruckt, Mrs. Finucane. Ich habe seine Musik oft im Radio gehört, aber ich hätte nie gedacht, daß er ... naja, behindert ist.«

Ich stöhnte innerlich auf. Die Menschen sind manchmal so verdammt herablassend.

Ich achtete nicht weiter auf ihn, sondern betastete weiter den Menhir, meine Hände fühlten seine Umrisse, und ich sah ihn schließlich vor mir. Die scharfen Kanten kamen mir seltsam vor. Plötzlich mißtraute ich meinem Tastsinn, denn ich glaubte, in den Stein eingemeißelte Gesichter zu fühlen. Steinerne Gesichter, die ineinander übergingen. Ich drehte mich um und rief Catherine zu:

»Komm doch mal her und sieh dir diesen Stein an. Und sag mir, was du siehst.«

Ich hörte sie über den Rasen laufen, hinter ihren Schritten registrierte ich auch die etwas schwereren des Maklers.

»Was ist denn los, Fergus?«

Ich fuhr mit der Hand über den Stein.

»Ist da irgend etwas eingemeißelt?«

»Nein. Es ist einfach ein alter grauer Stein aus Granit, das ist alles. Er ist an die drei Fuß breit und sieben Fuß hoch.«

»Und du bist ganz sicher, daß nichts darin eingemeißelt ist?«

»Ganz sicher. Er ist einfach rauh und verwittert.«

Ich biß mir auf die Lippen, als ich die seltsamen Gesichter unter meinen Fingerspitzen spürte. Ich hatte immer gehört, daß ich über lebhafte Phantasie verfügte. Ich nehme an, sonst hätte ich mich nicht der Kunst zugewandt. Und doch hätte ich schwören können, daß der Stein von Menschenhand bearbeitet worden war, daß Myriaden von Gesichtern das Granitmonument bedeckten.

»Na komm, Fergus«, Catherine hakte sich bei mir ein. »Laß uns mit Mr. O'Brien gehen und die Formulare ausfüllen, oder was immer jetzt zu erledigen ist.«

Drei Tage später zogen wir ein. Es war ein kleiner georgianischer Landsitz mit vielleicht zu vielen Zimmern. Catherine hatte mir im Erdgeschoß ein Arbeitszimmer ausgesucht, und eine Firma aus Limerick hatte einen kleinen Flügel geliefert. Die Fenster schauten aufs Meer, und ich konnte salzigen Tang und die würzige sommerliche Abendbrise riechen. Catherine glaubte, wenn ich überhaupt zu Kräften kommen und wieder mit der Arbeit anfangen könnte, dann hier.

Was Catherine dem Makler gesagt hatte, stimmte, ich war krank gewesen. Und das war nicht meine einzige Sorge. Ich war jetzt achtundvierzig und hatte den Eindruck, daß es mit meiner Karriere bergab ging. Ich will hier kein Mitleid erregen, aber ich war mein Leben lang blind, und es war wirklich nicht leicht, das Musikstudium zu bewältigen. Aber ich hatte es geschafft. Dann stellte ich fest, daß es fast unmöglich für einen blinden Musiker war, eine Anstellung bei einem Orchester zu finden. Genauso schwer war es für einen Unbekannten, zu Solokonzerten angeheuert zu werden. Jahrelang erteilte ich gelangweilten Kindern Klavierunterricht und versuchte, meine eigenen Kompositionen zur Aufführung zu bringen. Dann hatte ich endlich mit einem Klanggedicht den ersten Erfolg. Darauf folgte dann die Aufführung einer Operette in meiner Heimatstadt Dublin. Plötzlich genoß ich internationales Ansehen und wurde von einem Londoner Agenten vertreten. Ich siedelte nach England über und feierte fünfzehn Jahre lang Spitzenerfolge. Aufführungen, Schallplattenaufnahmen und Radiosendungen führten mich von London nach Moskau und New York.

Ich war nun seit sechs Jahren mit Catherine verheiratet. Bei unserer Hochzeit war ich zweiundvierzig, sie gerade erst zwanzig. Doch sie war eine sehr reife Zwanzigjährige, die genau wußte, was sie vom Leben wollte. Sie studierte Musik, und wir lernten uns kennen, als ich an der Royal Academy of Music in London einen Vortrag über mein Werk hielt. Danach ergab sich alles wie von selber. Ich fragte mich oft, was eine schöne junge Frau von einem Mann wollte, der über zwanzig Jahre älter als sie und noch dazu blind war, aber für manche Menschen spielt Alter keine Rolle. Wichtig ist eine Übereinstimmung der Herzen und der Gedanken. Ich verliebte mich zutiefst in Catherine. Sie war mein Leben. Ich kannte jede Einzelheit ihrer wunderbar gemeißelten Züge.

Während der vergangenen Monate hätte ich auch wirklich nicht gewußt, was ich ohne sie machen sollte. Die Probleme hatten achtzehn Monate zuvor eingesetzt, als mein Agent, Carlton Daniel, sagte, er könne meine letzten Arbeiten einfach nicht unterbringen. Die Kritiker hackten darauf herum, und kaum jemand wolle sie aufführen. Natürlich bedrückte mich das zutiefst, und alle neuen Kompositionen, die ich Carlton übergab, brachten weitere negative Resultate. Dann, vor etwa acht oder neun Monaten, wurde ich auch noch krank. Catherine hielt es für eine Folge meiner Depression. Ich litt an schrecklichen Migräneanfällen und heftigen Magenkrämpfen. Fast in jeder Woche mußte ich ein oder zwei Tage im Bett verbringen. Meine Depression wurde schließlich durch tiefe Gleichgültigkeit abgelöst. Mein Agent nahm kein Blatt vor den Mund. Ich hörte einmal, wie er zu Catherine sagte, ich habe den Höhepunkt meines Schaffens wohl überschritten. Alles ging bergab.

Catherine bestand darauf, mich selber zu pflegen, und ich hörte mehrere Male, daß sie sich mit dem Arzt über die richtige Behandlung stritt. Catherine schlug dann auch vor, London zu verlassen und in meine irische Heimat überzusiedeln; an die Westküste, in die ländliche Abgeschiedenheit des County Clare, meilenweit von anderen Menschen oder anderen Orten entfernt. Dort würde sie ein Haus mieten und mich gesund pflegen. Und wenn ich gesund wäre, würde ich auch wieder arbeiten können. Wenn ich dann erst mein Meisterwerk vollendet hätte, würden die Kritiker schon zu Kreuze kriechen. O, sie überzeugte mich davon, daß das Meisterwerk noch in mir steckte. Ich würde es den Kritikern und vor allem aber meinem Agenten Carlton Daniel schon zeigen. Sie war dermaßen enthusiastisch, daß ich mich von ihrer Begeisterung anstecken ließ und mich auf unser neues Leben freute. Wir brauchten einige Tage, um uns einzuleben, und bis ich mich im neuen Haus zurechtfand.

Ich glaube, es war in der dritten Nacht, als ich aufwachte und mich fragte, was mich geweckt haben könnte. Ich griff nach meiner Uhr, klappte das Glas hoch und betastete die Zeiger. Es war zwei Uhr nachts. Und dann hörte ich das Geräusch. Ein seltsames Summen. Ich setzte mich auf und horchte mit schräggelegtem Kopf. Es war schwer, dieses Geräusch zu beschreiben. Es klang wie ferner Gesang, wie ein unterdrücktes Klagelied, wie das Jammern gequälter Seelen.

Ich beugte mich zur Seite und stieß Catherine an.

Ich hörte, wie sie sich bewegte, dann fragte ihre schlaftrunkene Stimme: »Was ist denn los?«

»Hörst du dieses Geräusch?«

»Was für ein Geräusch?« fragte sie gereizt.

»Diesen Gesang.«

Sie zögerte einen Moment, dann sagte sie: »Ich höre gar nichts, Fergus. Geht es dir wirklich gut?«

»Verdammt!« fauchte ich. »Ich kann ausgezeichnet hören. Ich höre Menschen singen, irgendein Klagelied.«

Sie seufzte tief. »Schlaf lieber weiter. Das bildest du dir doch nur ein.«

Ich sagte nichts mehr, denn plötzlich war das Geräusch verstummt. Ich horchte noch lange darauf, aber es stellte sich nicht wieder ein, und schließlich war ich dann doch wieder eingeschlafen.

Fast eine Woche später ging Catherine zum Postamt unten im Dorf, während ich an der Arbeit saß und Notizen auf meinem Braille-Block machte. Plötzlich hörte ich vor dem Fenster ein Geräusch, ein trockenes rauhes Husten.

»Ist da jemand?«

»Hoffentlich habe ich Sie nicht gestört. Sie sind doch Fergus Finucane?«

Die Stimme hatte den klangvollen, melodiösen Tonfall Westirlands. Es war eine warme, freundliche Stimme.

»Ja«, antwortete ich.

»Sheldon ist mein Name, ich bin hier der Pfarrer. Darf ich einen Moment hereinkommen?«

Ich unterdrückte einen Seufzer und zwang mich zu einem Lächeln.

»Kommen Sie herein und seien Sie willkommen«, sagte ich.

Ich hörte, wie er die Küchentür öffnete und dann mein Zimmer betrat. Eine feste Hand schloß sich um meine.

»Ich kenne Ihre Musik sehr gut, Mr. Finucane. Ich versuche, nach Dublin oder Cork zu fahren, wenn eins Ihrer Werke aufgeführt wird. Vor allem liebe ich Ihren Liederzyklus aus dem *Táin*.«

Ich weiß nicht, warum ich ihn ins Haus gebeten hatte. Ich war durchaus nicht in Stimmung für Besucher. Aber ich bot ihm etwas zu trinken an, was er annahm, und bat ihn, sich zu setzen, was er tat.

»Es tut mir leid, aber meine Frau und ich sind beide Atheisten«, sagte ich, um der Einladung, seine Herde beim Kirchgang zu vergrößern, zuvorzukommen. Ich hörte ihn resigniert aufseufzen.

»Ich fürchte, damit habe ich schon gerechnet. In Ihrem Werk scheint ein gewisses heidnisches Element durch, wissen Sie. Es ist eine grobe Erregung, die sicher kein Mensch, der auf die Erlösung durch Christus vertraut, je empfinden wird.«

Meine Verblüffung muß sich in meinem Gesicht niedergeschlagen habe, denn er lachte.

54

»Auf jeden Fall«, sagte er dann. »Machen Sie sich keine Sorgen, ich bin nicht aus geschäftlichen Gründen hier. Ich wollte nur einmal hereinschauen, um mein Klatschrepertoire zu erweitern. Ich nehme an, Ihre Frau ist ausgegangen?«

»Ja, sie wollte ins Dorf.«

»Mr. O'Brien hat mir von Ihnen erzählt. Er hat auch von Ihrem Interesse an dem alten Hinkelstein im Garten erzählt.«

»Wissen Sie etwas darüber?«

»Darf ich hier rauchen?« war die Gegenfrage des Pfarrers. Ich nickte und wartete, bis der aromatische Rauch das Zimmer durchzog.

»Na?« sagte ich dann. »Hat der Stein eine Geschichte? Als ich ihn untersucht habe, hatte ich das Gefühl, es sei ein Muster eingemeißelt.«

»Ach nein, davon kann wirklich nicht die Rede sein. Es ist einfach nur ein alter Hinkelstein, hier in der Gegend wimmelt es nur so davon.«

»Aber hat er eine Geschichte?« fragte ich noch einmal.

»Wenig zu sagen«, erwiderte der Pfarrer, eine irische Redensart, die eine interessante Geschichte ankündigt. »Hat O'Brien Ihnen erzählt, daß hier früher eine alte Abtei gestanden hat? Sie wurde von Cromwells Soldaten zerstört, so lange ist das schon her. Zu Zeiten der Penal Laws hat dann ein englischer Lord dieses Haus errichten lassen. Die Abtei war sehr alt. Angeblich hat Sankt Brendan der Seefahrer sie auf den Ruinen eines heidnischen Tempels erbaut.«

»Ach«, sagte ich.

»So ist das. Der Hinkelstein ist das einzige, was von der heidnischen Kultstätte erhalten ist. Allerdings wurde dieses Haus angeblich aus Steinen der alten Abtei errichtet, bei der wohl ihrerseits Steine aus dem heidnischen Tempel verwendet worden sind.«

»Aber«, wandte ich ein, als er eine Pause einlegte. »Warum ist der eine Stein verschont geblieben, als alles andere zerstört wurde? Das muß doch etwas bedeuten!«

»Es gibt da schon eine Geschichte«, gab Father Sheldon zu. »Die Geschichte wurde von Sinlán Moccu Min aufgeschrieben, einem Abt aus Bangor in Ulster, der zu Beginn des 7. Jahrhunderts gestorben ist. Er gilt als einer der frühesten irischen Chronisten. Er hat einen Bericht über die Taten der alten irischen Gottheiten hinterlassen, der Tuatha Dé Dannaan. Erinnern Sie sich an den Namen des Gottes der Heilkunst und der Medizin?«

»Sicher, Diancécht«, sagte ich wie aus der Pistole geschossen. Ich war immer schon stolz auf meine Kenntnisse der irischen Mythologie.

»Diancécht, ganz richtig«, sagte der Pfarrer. »Er war ein mächtiger Gott, doch neigte er wie alle irischen Gottheiten zu jeglicher menschlichen Schwäche. Als sein Sohn Miach sich als besserer Arzt herausstellte, fiel Diancécht in seiner Wut mit einem Schwert über ihn her. Angeblich hat Miach sich dreimal selber geheilt. Dann versetzte Diancécht seinem Sohn einen vierten Hieb und spaltete damit Miachs Gehirn. Diese Wunde konnte Miach nicht heilen und starb. Als sich Diancéchts Wut gelegt hatte und er erkannte, was er in seiner Eifersucht angerichtet hatte, verfluchte er das Übel, das dem Menschengeschlecht nun einmal innewohnt, und er schwor, eine Möglichkeit zu finden, um dieses Übel ein für allemal von der Erdoberfläche zu verban-

nen. – Sie wissen sicher, daß Diancécht über eine
Anzahl von heilkräftigen Steinen verfügte. Steine galten
in der Vorzeit als heilige Gegenstände, die Macht über
Gut und Böse hatten. Angeblich reiste Diancécht auf
seiner Suche nach einem Stein, der das Übel verjagen
kann, ins Land der Fomori, das Land des Bösen, denn
Böses kann nur durch Böses in Schach gehalten werden. Er kehrte mit einem Stein zurück, der *Gallán na
Mairbh* genannt wurde, Todesstein, und dieser Stein
nahm alles Übel in sich auf. Diesen Stein stellte er in
Irland auf.«

Father Sheldon verstummte, und ich hörte, daß er
seine Pfeife noch einmal anzündete.

»Und was hat diese Geschichte mit dem Menhir zu
tun?«

»Ihr Menhir wird *Gallán na Mairbh* genannt, und
zwar schon so lange, wie seine Existenz überhaupt
nachweisbar ist. Sie werden manchen alten Geschichtenerzähler finden, der Ihnen erzählt, daß Diancécht
diesen Stein aus dem Land der Fomori geholt hat. Aber
es gibt natürlich viele solcher Geschichten. Jeder Stein,
jeder Megalith, jeder Hügel und Fluß in diesem Land
verdankt seinen Namen der Mythologie. Ach Gott! Ist
es schon so spät? Ich muß machen, daß ich weiterkom-
me.«

Ich hörte, wie er sich erhob. Ich war ein wenig enttäuscht.

»Geht die Geschichte denn nicht weiter?« fragte ich.

»Aber reicht das denn nicht?« lautete seine belustigte
Gegenfrage.

Ich spürte seine warme Hand auf meiner.

»Es war mir ein Vergnügen, Sie kennenzulernen, Mr.
Finucane. Ihre Musik hat mir im Laufe der Jahre sehr

viel Freude gemacht. Ich hoffe, Sie werden sich in diesem Haus wohlfühlen und Arbeitsruhe finden.«

Kurz darauf kam Catherine durch das Gartentor.

»Habe ich wirklich einen Priester aus dem Haus kommen sehen?« fragte sie.

»Father Sheldon, den hiesigen Pfarrer«, ich nickte.

»Was wollte der denn? Ich hoffe, er hat dich nicht gestört.« Ihr Stimme klang ein wenig gereizt. In letzter Zeit war sie wegen meiner Krankheit übertrieben beschützerisch eingestellt.

»Er hat mir nur die Geschichte des alten Hinkelsteins erzählt«, sagte ich und lächelte. »Offenbar absorbiert er alle üblen Dinge.«

Ich hörte ihr verächtliches Schnauben.

»Na, wenn er dich nur nicht gestört hat. Ich will nicht, daß du aus der Arbeit gerissen wirst. Wir sind doch hergekommen, um unsere Ruhe zu haben.«

Ich streckte die Hand nach ihr aus.

»Ich weiß nicht, was ich ohne dich anfangen sollte«, sagte ich. Und das war ehrlich gemeint. Während der vergangenen Monate war sie mir ein großer Trost gewesen. Sie hatte meine Pflege übernommen und mich ermutigt, als mein Agent meinte, meine beste kreative Zeit sei zu Ende. Sie hatte sogar meinen Arzt weggeschickt. Und das war richtig so gewesen, denn seit meiner Rückkehr nach Irland hatte mein Gesundheitszustand sich schon beträchtlich gebessert. Ich konnte ihre beschützerische Haltung also verzeihen.

Eine Woche später wurde ich abermals von dem seltsamen Klage- und Trauergesang aus dem Schlaf gerissen. Die Stimmen hoben und senkten sich und schienen von sehr weit her zu kommen. Ich konnte es kaum fassen, wie klar ich das alles nun hörte. Ich drehte mich im Bett um und streckte die Hand nach Catherine aus.

»Catherine! Kannst du das hören?« flüsterte ich und tastete nach ihr.

Das Bett neben mir war leer. Die Bettwäsche kalt.

»Catherine?« rief ich verwirrt.

Aber ich hörte nur das leise Klagen des seltsamen Gesangs der Verdammten. Ich griff nach meiner Uhr, klappte den Deckel auf und betastete das Zifferblatt. Wieder zwei Uhr nachts. Ich schlug die Bettdecke zurück und griff nach meinem Stock. Dann ging ich zum Badezimmer und rief leise: »Catherine!«

Doch ich fand sie weder im Badezimmer noch in der Küche.

Ich lauschte dem Heben und Senken des ängstlichen, unterdrückten Jammers. Er schien von draußen zu kommen, von dem Rasen, der sich zu den Klippen hinunterzog. Ich weiß nicht, wieso, aber ich wußte plötzlich und ohne jeden Zweifel, daß der Gesang vom Menhir ausging. Ich brach in heftiges Zittern aus. Der Stein sang wie ein Chor von Verdammten!

Dann lächelte ich. Ausgerechnet ich, ein Musiker, der mit allerlei Klängen arbeitet! Natürlich hatte das Flüstern des Windes, der über die seltsam geformte Oberfläche des Steins strich, diese Wirkung. Ich hatte schon häufiger seltsame musikalische Geräusche gehört, die vom Wind hervorgerufen worden waren, der über auf bestimmte Weise geprägte Oberflächen strich. Wieder hatte meine Phantasie mir einen Streich gespielt!

Ich ging zur Tür, um dem seltsamen Effekt besser lauschen zu können.

Doch als ich dort noch stand, schien der Wind sich zu legen, denn plötzlich hörte ich von draußen Stimmen. Irgendjemand sprach neben dem Haus mit jemand anderem. Die Stimmen waren leise, intensiv und verschwörerisch leise.

»Es muß morgen passieren, Liebes«, sagte eine Männerstimme.

Ich erstarrte. Diese Stimme kannte ich. Es war die Stimme eines Mannes, den ich in London glaubte. Carlton Daniel, mein Agent.

»Warum morgen?« Das war die Stimme einer Frau.

»Weil morgen abend auf Radio Éireann eine Sendung über sein Werk ausgestrahlt wird. Ich habe versucht, das zu verhindern. Der Sprecher hat allerlei Fans interviewt, die bedauern, daß er in letzter Zeit nichts mehr komponiert hat. Wenn er davon erfährt, wird er sich denken können, was wir gemacht haben. Dann wird er herausfinden, daß du seine Post unterschlägst und daß ich ihm Lügen auftische.«

»Mir gefällt das alles nicht!« Eine eisige Faust schien sich um mein Herz zu schließen, als ich Catherines Stimme erkannte.

»Wir haben lange genug gewartet.« Das war wieder Daniels Stimme. »Das weiß der Himmel! In den letzten sechs Monaten hast du ihm genug Gift eingeflößt, um einen Stier umzubringen. Er müßte eigentlich schon längst tot sein.«

»Wir wollten es doch langsam machen. Und woher sollte ich wissen, daß er Immunität gegen das Mittel entwickeln würde? Und dann wurde auch noch dieser verdammte Arzt in London mißtrauisch. Aber jetzt... es wird doch Fragen geben, wenn etwas passiert?«

»Nein«, sagte Daniel beruhigend. Es war derselbe warme Tonfall, den er benutzte, wenn ich mir in irgendeinem Zusammenhang wegen meiner Arbeit Sorgen machte. »Niemand wird irgendeinen Verdacht schöpfen. Er ist blind. Er geht in den Garten, um ein Weilchen in der Sonne zu sitzen. Er setzt sich auf die Mauer. Beim Aufstehen irrt er sich in der Richtung und geht nicht zum Haus zurück, sondern weiter zu den Klippen. Durch einen unglücklichen Zufall hat irgendein Tier ein Loch in den Stacheldrahtzaun gerissen. Er stolpert an dieser Stelle und stürzt zu Tode. So einfach ist das.«

Ich zitterte noch heftiger, als ich diese herzlosen Worte hörte. Ich glaube, mir ging erst in diesem Moment auf, daß sie über mich sprachen; daß sie mich ermorden wollten. Ich mußte mich mit der Hand an der Wand abstützen, um nicht zusammenzubrechen.

»Aber wie sollen wir das schaffen?« fragte Catherine. In ihrer Stimme lag keinerlei Bedauern. Es war ganz einfach eine praktische Frage.

»Morgen nachmittag gegen drei Uhr überredest du Fergus, mit dir hinten in den Garten zu gehen. Und da warte ich auf euch. Wenn ich mich vergewissert habe, daß sonst niemand in der Nähe ist, bekommt er einen Schlag auf den Kopf und wird über den Klippenrand geworfen. Dann rufen wir die Polizei an und melden den Unfall genau so, wie ich es dir beschrieben habe.«

»Die Polizei wird wissen wollen, warum du hier bist.«

»Ich bin doch schließlich sein Agent. Ich bin hergekommen, um seine neuen Arbeiten mit ihm zu diskutieren, und als du ihm zugerufen hast, daß ich eingetroffen bin, ist er so eilig aufgesprungen, daß er sich in der Richtung vertan hat.«

»Kann das wirklich klappen, Carlton?«

»Aber sicher, Liebes. Und dann sind all unsere Probleme gelöst.«

»Es wäre das Ende eines Alptraums«, Catherine seufzte. »Aber ich könnte ihn doch ganz einfach verlassen.«

»Wir haben uns an das gute Leben gewöhnt, Catherine. Es geht uns hier nicht ums pure Überleben. Fergus Finucane ist einer der begabtesten Komponisten dieses Jahrhunderts. Seine Arbeiten sind sehr gefragt, und es war wirklich nicht leicht, Aufführungen zu verhindern und die Nachricht zu verbreiten, daß Fergus nichts mehr schreibt. Sehr viel länger kann ich das nicht schaffen.«

»Du hast gesagt, nur auf diese Weise könnten wir ihn zu einem depressiven Einsiedler machen, was dann die Öffentlichkeit wieder davon überzeugen wird, daß er wirklich krank ist.«

»Genau. Nach seinem Tod finden wir einen Stapel neuer Kompositionen, von denen er mir seltsamerweise nie erzählt hat. Denk doch nur daran, wieviel wir damit verdienen können! Sein Tod wird die Nachfrage nach seinen Arbeiten nur noch steigern. Und du, Süße, als seine Witwe wirst reich sein. Wir werden für den Rest unseres Lebens in Saus und Braus leben können.«

Ich zitterte mehr und mehr, als ich von dem grauenhaften Plan der beiden erfuhr. Gott! Was war ich doch für ein Idiot! Meine Frau und mein Agent! Zwei Menschen, zu denen ich vollständiges Vertrauen gehabt hatte.

»Morgen um drei«, sagte Catherine.

Dann verstummten sie, und als ich ihren keuchenden Atem hörte, mußte ich mir zähneknirschend eingestehen, was sie da machten.

»Laß uns zu deinem Wagen gehen«, flüsterte Catherine voller Leidenschaft. »Fergus schläft immer wie ein
Toter. Er wird mich noch lange nicht vermissen.«

Ich hörte, wie sie sich entfernten.

Einen Moment blieb ich wie erstarrt stehen. Es
kostete mich große Anstrengung, mich langsam ins
Bett zurückzuschleppen. Ich lag mit geschlossenen
Augen da, war jedoch hellwach. Ich war noch immer
wach, als Catherine leise unter ihre Bettdecke schlüpf-
te. Ich konnte einfach nicht denken. Ich wußte, was ich
gehört hatte, aber ich konnte mir einfach nicht über-
legen, wie ich mich nun verhalten sollte. Ich begriff
plötzlich, was ein Kaninchen empfindet, wenn es sich
wie erstarrt vor einer angriffsbereiten Schlange zusam-
menkauert.

Den gesamten nächsten Vormittag verbrachte ich be-
wegungslos in meinem Arbeitszimmer und beantwor-
tete Catherines Geplauder mit einsilbigen Grunzlauten.
Ich suhlte mich in Selbstmitleid. Gegen Mittag kam
Catherine ins Zimmer und beugte sich über mich.

»Aber Liebes«, tadelte sie mich dann. »Du hast ja gar
nichts geschafft!«

»Ich bin nicht in der Stimmung«, murmelte ich.

Sie holte mir etwas zu essen, aber ich konnte keinen
Bissen hinunterbringen. Ich mußte immer wieder an
die Migräneanfälle und die Magenkrämpfe denken, die
ich während der letzten sechs Monate ertragen hatte.
Sie hatte mich vergiften wollen! Das hatte ich schließlich mit eigenen Ohren gehört.

Ich war noch immer tief in Gedanken versunken, als
sie wieder in mein Zimmer trat.

»Es ist so ein schöner Nachmittag, Fergus. Und wo
du sowieso nicht arbeitest, laß uns doch in den Garten

gehen und ein bißchen auf der alten Steinmauer sitzen. Die Sonne scheint so schön, und der leichte Wind von der Shannonmündung her wird dir sehr gut tun, nach deiner Krankheit.«

»Ist es schon drei Uhr?« rutschte es mir heraus.

»Ja. Warum?« Ihre Stimme klang angespannt.

»Ach, nur so.«

Sie schob ihre Hand unter meinen Arm, um mich vom Klavierhocker hochzuziehen.

Ich wehrte mich gar nicht erst. Tief in meinem Magen hatte ich ein scheußliches Gefühl. Ich glaube, ich kam in diesem Moment zu der Erkenntnis, daß mein Leben ruiniert war und daß ich jedes Schicksal akzeptieren würde, das für mich bestimmt sein mochte. Mein Leben hatte einfach keinen Sinn mehr. Wozu sollte ich leben, wenn der einzige Mensch, den ich liebte, mich so sehr haßte, daß er meinen Tod wollte? Ich wollte sterben. Ich merkte das mit einer seltsamen Gelassenheit. Das Leben hatte keinen Sinn. Ich wollte bereitwillig mit ihr gehen, mit ihr durch den Garten wandern. Die Sonne wärmte mich, als wir das Haus verließen. Catherines sanfte Berührung führte mich über den Rasen.

Doch dann hörte ich abermals das leise Summen. Den leisen Klageruf voller Kummer und Angst. Ich blieb stehen.

»Ist es windig?« fragte ich stirnrunzelnd. »Ich spüre nichts.«

»Nein.« Ihre Stimme klang ein wenig scharf. »Warum fragst du?«

»Hörst du das nicht?«

»Was soll ich hören?«

»Den Wind, der über dem Hinkelstein flüstert.«

»Ich kann nur das Rauschen der See hören. Und von Wind kann nun wirklich keine Rede sein, es weht höchstens eine ganz leichte Brise vom Meer her.«

Wir gingen über den Rasen. In Gedanken zählte ich die Schritte. Wartete Carlton Daniel an der Mauer, oder wollte er mich näher beim Haus überfallen? Es war mir egal. Ich hoffte nur, sie würden es schnell und schmerzlos erledigen.

Der Schrei ließ mich erstarren. Es war der Schrei eines Mannes. Ein entsetzlicher Schrei voller Angst und Qual. Und doch stammte er nicht von mir.

Dann merkte ich, daß Catherine von mir fortstrebte.

»Carlton!« In ihrem Schrei lag das pure Entsetzen.

Ich wartete und rechnete eigentlich noch immer mit einem schlimmen Schlag. Carlton Daniel hatte offenbar neben dem Hinkelstein gewartet, um mich niederzuschlagen, wenn ich ihn erreicht hatte. Aber warum hatte er geschrien?

Wieder hörte ich den Entsetzensschrei. Ich drehte mich in die Richtung, aus der er gekommen war, in die Richtung des Hinkelsteins. Und dann ging mir auf, daß der Stein vor Geräuschen geradezu vibrierte. Daran war nicht der Wind schuld. Der Klagegesang der Verdammten wurde immer lauter.

»Gott!« schrie Catherine. »Gott helfe mir! Fergus! Hilf mir!«

Ich spürte, wie ihre Hand meinen Ärmel berührte, dann aber von mir weggerissen wurde.

»Catherine? Was ist los?« rief ich.

Sie wimmerte nur noch.

Ich bewegte mich mit ausgestreckten Händen vorwärts. Ich glaubte, gegen den Stein zu stoßen. Doch er war nicht rauh und hart wie sonst. Er bestand aus einer schwappenden, nassen und lehmigen Substanz, die sich eiskalt anfühlte. Meine Hände bekamen Catherines sich krampfhaft öffnende und schließende Hände zu fassen. Ich riß vor Entsetzen den Mund auf. Bildete ich mir das ein, oder wurde sie in den nassen Lehm des Steins hineingesaugt?

»Fergus! Hilf mir!«

Ihr Angstgeheul schien von sehr weit her zu kommen.

Ich versuchte, sie von dem eiskalten Lehm fortzuziehen, aber die Kraft des Steins war viel stärker als meine. Das Geheul wurde immer lauter, ich fürchtete schon, mein Trommelfell könne platzen.

Ich hob die Hand und berührte Catherines Gesicht. Dieses wunderschöne Gesicht, das mir so vertraut war. Ich spürte ihr warmes Fleisch. Ich spürte, daß sich ihr Mund in stummem Entsetzen geöffnet hatte. Aus weitaufgerissenen Augen starrte sie vor sich hin. Unter meinen Händen wurde ihr Fleisch kalt und feucht und vermischte sich mit dem formbaren Lehm. Und dann wurde alles trocken und hart. Die Oberfläche unter meinen Händen war rauh und scharf und wurde wieder zu jahrhundertealtem harten Granit.

Und dann verstummte plötzlich der Klagegesang.

Ich wagte kaum, meinem Tastsinn zu trauen, als ich die harte steinige Oberfläche befühlte. Der Stein fühlte sich so an wie immer. Ich strich mit den Fingerspitzen darüber hinweg und fühlte seine sandige Oberfläche, fühlte die seltsamen Umrisse, die mir jetzt wie zahllose Gesichter vorkamen, die sich in den Stein eingefügt hatten.

Und nun waren zwei neue Gesichter dazugekommen. Ich strich mit den Händen darüber, um ganz

66

sicher zu sein. Es war kein Zweifel möglich, denn der Tastsinn eines Blinden registriert mehr als das schärfste Auge. Ich betastete Carlton Daniels gequälte Züge, und dicht daneben fand ich die Umrisse von Catherines bezauberndem Gesicht.

Das Novemberfest

Katy Fantoni fragte sich schon, ob sie einen Fehler gemacht habe, als die östlichen Vororte Dublins gerade erst hinter ihr lagen und sie beim kleinen Flughafen von Rathcoole nach Westen abbog. Aber sie mußte fort aus der stickigen Stadt, fort von der viktorianischen Mißbilligung und den verkniffenen und vorwurfsvollen Blicken ihrer Tante Fand. Sie brauchte Ruhe, sie brauchte einen Ort, an dem sie sich entspannen und ohne die engstirnige Verurteilung durch ihre einzige Verwandte eine Lösung für ihr Problem suchen konnte.

Die nette Frau im Laden um die Ecke hatte vorgeschlagen, daß es Katy vielleicht in ihrem kleinen Ferienhaus in den Slieve Aughty Bergen im County Clare gefallen könne. Anfangs hatte die Vorstellung, eine Woche in einem abgelegenen Landgebiet zu verbringen, Katy sehr angesprochen, vor allem im Vergleich zur Alternative, einer Woche bei Tante Fand. Doch als sie jetzt mit ihrem Mietwagen durch Kildare fuhr, kamen ihr doch ihre Zweifel. Was sollte sie schließlich in einem einsamen Haus in einer fremden Landschaft anders tun als brüten ... über Mario und ihre gescheiterte Ehe.

Sie schaute in den Rückspiegel und sah ihren sieben Jahre alten Sohn Mike, der ruhig auf der Rückbank saß und mit seinem Teddy spielte. War ihr Entschluß ihm gegenüber richtig, fragte sie sich. In Tante Fands Haus hatte er ziemlich nervös gewirkt, aber hatte Katy nun in ihrem Eifer, Tante Fand zu entkommen, die Sache vielleicht noch verschlimmert? Schließlich hatte sie das einsame Ferienhaus für eine ganze Woche übernommen. Sie versuchte, ihre blonden Haare zu schütteln, um damit auch ihre Besorgnis zu vertreiben. Nein, sie würde jetzt nicht umkehren. Irgend etwas trieb sie weiter, Stolz vielleicht. Bei Tante Fand war sie bereits in Ungnade gefallen; sie brauchte ihr wirklich kein weiteres Beispiel für das, so die Tante, rücksichtslose Verhalten ihrer Nichte zu liefern.

Katy Fantoni war in Dublin geboren. Mit fünf Jahren jedoch war sie mit ihren Eltern in die USA ausgewandert und dort im Jamaica Bay Bezirk von Brooklyn aufgewachsen. Über ihre Kindheit ließ sich nichts Besonderes erzählen, es war die übliche Geschichte der meisten irischen Einwandererfamilien. Kurze Zeit jedoch, nachdem sie die High School verlassen und eine Stelle bei einer Werbeagentur gefunden hatte, waren ihre Eltern bei einem Autounfall ums Leben gekommen. Bald darauf hatte sie Mario Fantoni kennengelernt. Mario leitete auf Long Island eine Restaurantkette, die seinem Vater, Salvatore Fantoni, gehörte. Gerüchte schrieben Salvatore »Beziehungen« zu ... ein Euphemismus für Mitgliedschaft in der Mafia. Katy Byrnes Agentur gehörte Gentile Alunno und sollte für die Fantoni-Kette eine Kampagne starten. Und auf diese Weise lernten Katy und Mario sich dann kennen.

Mario war jung, gutaussehend und umgänglich. Katy war jung, attraktiv und sehr einsam, seit der Tod ihrer Eltern sie in einem gefühlsmäßigen Vakuum zurückgelassen hatte. Katy und Mario, die beide aus katholischen Familien stammten, hielten die Hochzeit für den nächsten logischen Schritt. Mama und Papa Fantoni dagegen waren nicht gerade glücklich über die »unitalienische« Hochzeit ihres Sohnes, sie waren Sizilianer von altem Schrot und Korn. Aber sie trösteten sich mit der Tatsache, in Katy Byrne immerhin eine gute Katholikin zu haben.

Also heirateten Katy und Mario. Mama und Papa Fantoni kauften ihnen ein Haus in Glen Cove mit Blick über den Long Island Sound. Es war ein großes Haus, und zu diesem Haus gehörte die Haushälterin Lise, eine freundliche, aber vierschrötige Kalabresin.

Ein Jahr darauf wurde der Sohn Mike geboren. Katy bereitete sich in Gedanken auf ein Leben in Müßiggang vor. Da er im Familienbetrieb arbeitete, hatte Mario Fantoni keine finanziellen Sorgen.

Die Flitterwochen dauerten nicht lange. Katys Schwangerschaft war gerade erst sichtbar, als sie auch schon einige unliebsame Wahrheiten über Mario lernen mußte. Mama und Papa Fantoni hatten ihn, was Ehefrauen anging, nach altmodischen sizilianischen Prinzipien erzogen. Auch nach Mikes Geburt sollte Katy zu Hause bleiben, im Handumdrehen als Gastgeberin fungieren, wenn Mario seine Freunde mitbrachte, und keinerlei eigene Freundschaften eingehen. Mario war immer bei irgendwelchen »geschäftlichen« Besprechungen, und Katy stellte bald fest, daß seine Geschäftspartner allesamt zwanzig Jahre alt waren, allerlei Färbungen und nur ein einziges Geschlecht aufwiesen, das

weibliche nämlich. Wenn sie ihre sieben Jahre mit
Mario durchdachte, dann begriff Katy wirklich nicht so
recht, wie die Ehe so lange überlebt hatte. Sie machte
die unbewußten Folgen ihrer katholischen Erziehung
dafür verantwortlich. Oder vielleicht hatte sie auch er-
wartet, Mario werde reifer werden, sich ändern …

Doch dann machte Mario eine »ausschließliche Ge-
schäftsreise« an die Westküste … und Katy erfuhr bald,
daß die Besprechungen in Nachtklubs in Las Vegas und
in Motels stattfanden und daß Mario auf seiner Reise
von einem TV-Starlet begleitet wurde. Und nun kochte
ihr irisches Blut endlich über und sie nahm mit dem
kleinen Mike das nächste Flugzeug nach Dublin. Lise
erzählte sie, sie werde in einigen Wochen zurückkehren
– vermutlich.

Katy Byrne Fantoni hatte eine überlebende Verwandte, nämlich Tante Fand in Dublin. Tante Fand war
die ältere Schwester von Katys Mutter, und sie hatten
bisweilen Postkarten gewechselt. Katy hatte ihre Tante
zuletzt mit fünf Jahren gesehen. Sie hatte sich bei dieser
Tante etwas von der fürsorglichen Art ihrer Mutter
erhofft, von ihrer Großzügigkeit und ihrer Sorge. Doch
Tante Fand war so bigott, wie das nur einer fanatischen
alten Jungfer möglich ist. Demonstrative Frömmigkeit
trat bei ihr an die Stelle der christlichen Nächstenliebe.
Ihre Engstirnigkeit kam in ihrer Begeisterung für Erzbischof Lefevre zum Ausdruck, der die Einführung der
Landessprache in seinen Kirchen verweigerte und sich
strikt an die lateinische Meßliturgie des 16. Jahrhunderts hielt. Tante Fands Ansichten über Scheidung
waren extremer als die des Papstes. Sie war provinziell
und intolerant und rang vor Entsetzen die Hände,
als Katy von ihren Problemen mit Mario erzählte und

die Möglichkeit einer offiziellen Trennung andeutete. Tante Fand war wirklich nicht die richtige Beraterin für sie.

Als sie eine Woche in Tante Fands Haus in dem kleinen Dubliner Vorort Kimmage verbracht hatte, fühlte Katy sich unterdrückt und wie erstickt. Eines Abends fragte beim Schlafengehen der kleine Mike sie, ob Tante Fand ihre böse Stiefmutter sei. Katy hatte mit dem Jungen einige Tage zuvor den Film *Cinderella* besucht.

Katy wußte nun, daß sie in diesem Haus nicht bleiben konnte, wenn sie in aller Ruhe und Vernunft über ihre Lage nachdenken wollte.

Als sie im Lebensmittelladen mit der Besitzerin, Mrs. MacMahon, sprach, erwähnte sie ihren Wunsch, einige Tage in Westirland zu verbringen. Sofort bot Mrs. MacMahon ihr Ferienhaus im County Clare an.

Kary zögerte zunächst aus Rücksicht auf Tante Fands Gastfreundschaft, dann schlug sie zu.

»Das Haus liegt oben in den Slieve Aughty Bergen«, sagte Mrs. MacMahon lächelnd. »In der Nähe vom Loch Atorick. Sie fahren einfach die Hauptstraße von Dublin nach Portumna, dann vorbei am Loch Derg und danach südwärts über die Straße nach Ennis. Bei Gorteeny biegen Sie in Richtung Derrygoolin ab und fragen nach Flahertys Farm. Ned Flaherty hat die Schlüssel zu meinem Haus und wird ihnen aufschließen. Von seinem Hof aus führt ein Trampelpfad in die Berge, und an die zehn Meilen weiter finden Sie mein Haus dann am Seeufer.«

Ned Flaherty war ein Mann von undefinierbarem Alter. Er hatte schneeweiße Haare, ein schlaues, wettergegerbtes Gesicht und leuchtende, tiefblaue, fast schon violette Augen. Der Humor schien ihm fast immer ins Gesicht geschrieben zu sein.

Als Katy auf seinem Hof vorfuhr, ihn begrüßte und ihm Mrs. MacMahons hingekritzelte Bitte überreichte, ihr die Schlüssel zu geben, war Flaherty sichtlich überrascht. Er ließ seinen verdutzten Blick zwischen Katy Fantoni und dem jungen Mike hin und her wandern.

»'s ist spät im Jahr für Touristen«, sagte er in der langsamen, singenden Sprechweise des County Clare.

»Ich bin eigentlich keine Touristin«, erwiderte Katy. »Ich brauche einfach ein paar ruhige Tage in einer abgelegenen Gegend.«

Er runzelte die Stirn. »Sind Sie Amerikanerin?« fragte er. »Na, Ruhe und Frieden werden Sie da oben in der Kate haben, das kann ich Ihnen sagen.«

Er verschwand im Haus und tauchte dann mit einem Schlüsselbund wieder auf. »Es ist sicher besser, wenn ich Ihnen den Weg zeige.«

Er setzte sich neben sie ins Auto, und dann fuhren sie einen Weg hoch, einen einspurigen Lehmweg, der sich durch die Berge schlängelte. Ganz offensichtlich wurde dieser Weg nur selten befahren. Ab und zu mußten sie anhalten und sich einen Weg durch die Schafe bahnen, die sich nicht um die wütenden Signale der Autohupe kümmerten. Je höher sie gelangten, um so aufsehenerregender war die Landschaft. Katy hatte immer schon gedacht, daß Irland in den goldenen, rostbraunen und gedämpft grünen Farbtönen des Herbstes am besten zur Geltung käme. Die mit Ginster bewachsenen Berge waren mit gelben Tupfen übersät.

Dann erreichten sie hinter einer Felskuppe ein Tal, dessen Mittelpunkt ein großer See bildete. Am Seeufer

73

stand ein kleines Haus mit Strohdach und dicken grauen Steinmauern.

»Mrs. MacMahons Kate«, sagte der alte Bauer und nickte zu dem Haus hinüber.

Sie hielten vor dem Haus oder der Kate, wie Flaherty sagte, und ihre Verzagtheit war Katy zweifellos anzusehen.

Die Kate lag in einem Garten, den eine flache Mauer aus denselben grauen Granitquadern umgab, aus denen auch das Haus bestand. Der Garten war überwuchert und wild.

»Es ist schon einsam hier«, sagte Flaherty, als er ihr Gesicht sah. »Kein Gas, kein Strom, kein Telefon.«

Katys Mut schien sie endgültig verlassen zu wollen. »Aber woher soll ich denn Licht und Wärme nehmen?«

»Es gibt Öllampen, einen Kamin und jede Menge Torf, und zum Kochen haben Sie einen Primuskocher. Ich werde Ihnen alles zeigen.«

Katy seufzte, als sie aus dem Auto stieg und hinter ihm her auf die Haustür zuging. Der kleine Mike sprang voller Begeisterung umher.

»Schau mal, Mommy, schau mal! Kann ich hier spielen? Gehört das uns?«

Aber schön war es hier auf jeden Fall. Nur war »einsam« nicht das richtige Wort. Das Haus schien eine Million Meilen von der nächsten menschlichen Siedlung entfernt zu liegen. Flaherty erriet ihre Gedanken.

»Hier lebt schon seit vielen Jahren niemand mehr. Im Winter, wenn es regnet, sind die Straßen blockiert. Diese alte Kate hat leergestanden, bis Mrs. MacMahon aus Dublin gekommen ist und sie gekauft hat. Sie verbringt hier jeden Sommer vierzehn Tage und vermietet ansonsten bisweilen. Aber ich habe hier so spät im Jahr noch niemals Gäste gesehen.«

Katy schaute sich um, während er sich am Türschloß zu schaffen machte.

Die Sonne schien auf den See, der das Blaßblau des Himmels reflektierte. Das sah freundlich und einladend aus. Neben der Kate erhob der Berg sich zu einem gezackten Gipfel und sah hier auf der Hochebene eher aus wie ein Hügel. Überall lagen Granitquader umher, die in grotesken Formen aus der schwarzen Erde hervorlugten. Es war eine seltsame Landschaft, die vielleicht eher in eine Welt der Phantasie gehört hätte.

Flaherty folgte ihrem Blick.

»Das ist der *Reilig na hIfreann*«, sagte er.

»Was bedeutet das?«

»Der Höllenfriedhof.«

Katy grinste.

»Das kann ich mir denken. Diese Granitblöcke sehen wirklich ein wenig aus wie Grabsteine.«

Sie ließen den kleinen Mike im Garten spielen, wo er schnell allerlei seltsame Beschäftigungen fand.

»Aber schön im Garten bleiben, Mike«, mahnte sie, als Flaherty sie ins Haus führte. Die Haustür führte in einen großen Raum, bei dem es sich offenbar um Küche, Wohn- und Eßzimmer auf einmal handelte. Dieser große zentrale Raum mit dem tiefen Kamin wies zwei weitere Türen auf. Eine führte in ein kleines Schlafzimmer, das Katy sofort Mike zuteilte, die andere in ein größeres, das sie selber haben wollte. Es war primitiv, aber es war malerisch. Sie kannte viele New Yorker Damen, die für einen Aufenthalt in einem solchen Haus ein Vermögen bezahlt hätten.

Flaherty erwies sich als wahrer Schatz. Er machte ein Torffeuer und zeigte ihr, wie sie dieses Feuer die ganze Nacht am Brennen halten konnte. Er erklärte ihr den Gaskocher und die Öllampen. Wasser besorgte eine Pumpe über einem großen Porzellanbecken. Sie fanden einen Kessel und einige Teebeutel und kochten sich einen milchlosen, ungesüßten Tee.

»Ich muß noch zum Einkaufen ins Dorf«, überlegte Katy.

Flaherty nickte.

»Immerhin haben Sie ein Auto«, er lächelte. »Früher mußte man die zwölf Meilen ins Dorf zu Fuß gehen und auf dem Rückweg noch dazu alle Einkäufe mit sich herumschleppen.«

»Kein Wunder, daß das Haus aufgegeben wurde.«

Sie gingen zum Mietwagen zurück und fuhren den Bergweg hinunter. Noch einmal schüttelte Flaherty den Kopf, als er Katy und Mike ansah.

»Ich habe nie erlebt, daß diese Kate so spät im Jahr noch vermietet worden ist«, sagte er. »Wir haben doch fast schon das *Samhain Feis*«. Bei ihm hörte sich das an wie »Ssauen Fesch«.

Katy starrte ihn mit einem verwirrten Lächeln an. »Was was?«

»Allerheiligen, Hallowe'en. Hier oben benutzen wir noch immer den alten Namen.«

Der kleine Mike richtete sich auf der Rückbank eifrig auf. »Mommy, Mommy, haben wir dann eine Hallowe'en-Party mit Kürbismasken und Kerzen und Spielen?«

»Werden sehen«, Katy lächelte ihm im Rückspiegel zu. »Gibt es hier im Dorf irgendwelche Hallowe'en-Feiern, Mr. Flaherty?«

Flaherty warf ihr einen seltsamen Blick zu. »Das *Samhain Feis* ist keine Gelegenheit zum Feiern«, sagte er fast mürrisch.

»Ich dachte, alle feiern Hallowe'en«, erwiderte Katy stirnrunzelnd. »Die Kinder in den Staaten lieben dieses Fest sehr.«

Flaherty seufzte tief.

»*Samhain*, was Sie Hallowe'en nennen, ist schon viele Jahrhunderte vor der Christianisierung von den heidnischen Iren gefeiert worden.«

»Erzählen Sie mehr«, bat Katy. »Das finde ich wirklich interessant.«

»*Samhain* war eines der vier großen religiösen Feste der heidnischen Iren. Es setzte am Abend des 31. Oktober ein und dauerte den ganzen 1. November. Es zeigte das Ende eines Hirtenjahres und den Beginn des nächsten an. Sein Name stammt von den altirischen Wörtern *samred*, Sommer, und *fuin*, Ende, ist also das Ende des Sommers, denn *Samhain* war der erste Tag des *gemred*, des Winters. Die vorchristlichen Gelehrten meinten, daß an diesem Tag die Andere Welt für die Menschen sichtbar sei und die Geistermächte auf die Menschen losgelassen würden.«

Katy schmunzelte. »Das ist also der Ursprung von Hallowe'en? Die Nacht, in der das Böse durch die Welt marschiert, in der Geister und Gespenster versuchen, sich an den Lebenden zu rächen?«

Flaherty starrte wortlos vor sich hin und schien ihre Belustigung nicht teilen zu können.

»Das Christentum hat vieles von dem alten Glauben nicht unterdrücken können. Die frühen Christen übernahmen viele heidnische Vorstellungen und den Aberglauben und sogar Zeremonien. *Samhain* bekam von ihnen den Namen ›Allerheiligen‹, und Hallowe'en ist eben der Vorabend dieses Festes.«

Katy lächelte. »Sie verfügen ja über einen Schatz an volkskundlichem Wissen, Mr. Flaherty.«

»Wenn Sie hier oben in den Bergen leben, dann werden die Volksüberlieferungen ein Teil Ihrer eigenen Erfahrung.«

Nach zwei Tagen hatte Katy sich im Gebirge eingerichtet und sich sogar an die primitiven Lebensumstände in der Kate gewöhnt. Der kleine Mike seinerseits spielte voller Begeisterung im Garten. Ned Flaherty schien die beiden unter seinen persönlichen Schutz genommen zu haben und stellte sich jeden Tag zum Tee ein. Er war ein erzählerisches Naturtalent und verfügte in vielen Bereichen über erstaunliches Wissen. Er sprach ein langsames, bedächtiges Englisch und fühlte sich im Irischen offenbar wesentlich mehr zu Hause. Überhaupt wurde in dieser abgelegenen Gebirgsgegend vor allem irisch gesprochen.

Am dritten Tag ging Katy plötzlich auf, daß sie nicht ein einziges Mal an Mario gedacht hatte. Mario! Höchste Zeit, in diesem Chaos Ordnung zu schaffen. Deshalb war sie doch überhaupt erst nach Irland gekommen. Aber sie war so damit beschäftigt gewesen, ihr primitives Leben zu meistern, Flahertys Geschichten zu lauschen und durch die wilde Gegend zu streifen, daß das Problem Mario weit weg zu sein und mit ihr kaum etwas zu tun zu haben schien.

Das überraschte sie. Sie konnte nicht einmal den kleinen Mike für ihre Vergeßlichkeit verantwortlich machen, denn der Junge war wirklich keine Last. Er spielte gern allein und hatte sich offenbar einen imaginären Spielkameraden zugelegt.

Als Katy eines Tages die Küche putzte, kam er ins Haus gestürzt, um ihr von seinem Spielkameraden zu erzählen.

»Er heißt Seán Rua, Mommy. Das bedeutet ›roter John‹«, erklärte der Kleine stolz.

Katy runzelte die Stirn und schaute aus dem Fenster. »Und wo steckt dein roter John?« fragte sie.

Mike zeigte auf das Gartentor. »Dahinten.«

Katy konnte nur einen Vogel sehen, der auf dem Torpfosten hockte, einen Vogel, der aussah wie ein Rabe, obwohl die Sonne seine schwarzen Federn in einem seltsamen Kupferton aufglühen ließ.

Und in diesem Moment war Katy alles klar. In Mikes Alter hatte sie eine imaginäre Freundin gehabt, das war einfach eine Phase, die alle Kinder durchmachten.

»Ach so.« Sie lächelte und fuhr dem Jungen durch die blonden Haare. »Na, du kannst jetzt noch ein bißchen spielen gehen, während ich das Abendessen koche.«

Brav ging der kleine Mike wieder aus dem Haus.

Am nächsten Morgen wollte er mit seinem »Freund« spielen, und Katy schärfte ihm ein, ja nicht den Garten zu verlassen, während sie zum Einkaufen ins Dorf fuhr. Als sie an Flahertys Hof vorüberkam, sah sie den alten Mann auf der Steinbrücke sitzen, die einen schäumenden Gebirgsbach überquerte. Er blickte nachdenklich zum dunkler werdenden, Regen verheißenden Himmel hoch und schnitzte dabei an einem Stöckchen. Er lächelte, als er sie sah, und winkte, und deshalb hielt sie an und öffnete das Fenster.

»Schon eingelebt?« fragte er.

»Kein Problem«, antwortete sie lächelnd.

»Und wo steckt der *garsún*?«

Katy runzelte die Stirn. »Der *garssuhn?*« fragte sie.

»Der Junge. Ist er nicht bei Ihnen?«

»Ach, nein. Er spielt im Garten. Er hat sich einen Spielkameraden ausgedacht. Er nennt ihn Séan Rua.«

»*Nár lige Dia!*« flüsterte Flaherty und bekreuzigte sich dabei.

Katy blickte ihm verdutzt in das besorgte Gesicht. »Was ist los?« fragte sie.

»Nichts«, murmelte Flaherty. »Werden Sie lange unterwegs sein?«

»Ich wollte nur kurz zum Einkaufen ins Dorf.«

Der alte Mann schaute zum Himmel hoch. »Sie wissen doch, daß heute nacht das *Samhain Feis* – das Novemberfest – beginnt?«

Katy konnte diesen plötzlichen Themenwechsel nicht so recht begreifen.

Flaherty stand auf, nickte ihr zu und ging mit energischen Schritten auf seinen Traktor zu.

Als Katy zur Kate zurückkehrte, saß Flaherty auf der steinernen Gartenmauer, er schnitzte an seinem Stöckchen und sah zu, wie Mike versuchte, einen Bach einzudämmen, der durch die wuchernde Wildnis floß. Katy fand, daß der Alte seine Beschützerinstinkte nun wirklich ein bißchen übertreibe.

»Sie hätten sich nicht die Mühe zu machen brauchen, auf Mike aufzupassen«, sagte sie, als sie den Wagen auslud. »Im Garten kann ihm schließlich nichts passieren.«

»Ach«, der alte Mann zuckte die Schultern. »Es ist ja doch noch ein schöner Nachmittag geworden. Die Regenwolken haben sich vom Berg verzogen, und das Wetter ist gut genug zum In-der-Sonne-Sitzen.«

Katy nickte zerstreut, als der kleine Mike angerannt kam. Sie hatte versprochen, ihm Süßigkeiten mitzubringen. Als sie ihm ein Toffeebonbon gab, fragte er: »Mommy, kann ich auch eines für Seán Rua haben?« Innerlich stöhnte Katy auf. Sie würde auf der Hut sein müssen. Imaginäre Freunde waren ja schön und gut, aber nur, solange nicht alles doppelt verlangt wurde. Nur dieses eine Mal, dachte sie, und reichte Mike ein weiteres Bonbon. Er lief mit beiden ans andere Ende des Gartens und schien sich dort mit jemandem zu unterhalten.

Flaherty sah ihm nach und zupfte sich nachdenklich an seiner Unterlippe.

»Seltsam, daß der *garsún* sich gerade diesen Namen ausgesucht hat«, sagte er. »Es gibt hier eine alte Geschichte ...«

»Hier wimmelt es doch nur so von alten Geschichten«, fiel Katy ihm ins Wort und trug ihre Einkaufstüten ins Haus.

Flaherty folgte ihr.

»Über das *Samhain Feis* heißt es, daß sich um Punkt Mitternacht die Feenhügel weit öffnen und daß aus jedem Feenhügel eine ganz besondere Geisterschar entweicht ... Kobolde, Wichtel, Wegzehrer, Dämonen, Phantome, Sie wissen schon. Sie ziehen los, um sich an den Lebenden zu rächen. Die Einheimischen bleiben in der Nacht des *Samhain Feis* im Haus.«

Katy lächelte ihn nachsichtig an und fing an auszupacken. »Aber was hat das mit dem Namen zu tun, den Mike sich für seinen Spielkameraden ausgedacht hat?«

»Unter den vielen Kobolden und Wichteln, die beim *Samhain Feis* umgehen, ist auch ein kleiner rothaariger Wicht, der *Taibhse Dearg* genannt wird.«

»*Taivsche Djarig*?« Katy versuchte, diesen Namen zu wiederholen. »Was bedeutet das?«

»Der Rote Wegzehrer«, übersetzte Flaherty mit gewichtiger Stimme. »Hier in der Gegend wird er ›roter John‹ genannt. Angeblich ißt er Kinderseelen.«

Katy blickte den alten Mann an und wußte nicht, ob der sich über sie lustig machen wollte. Aber Flaherty machte ein ernstes Gesicht.

»Das *Samhain Feis* beginnt heute, Mrs. Fantoni. Haben Sie ein Kruzifix in der Kate?«

Katys Kinn klappte nach unten. Dann versuchte sie, ein Lächeln zu unterdrücken und zeigte auf die Haustür, über der ein reichverziertes Kreuz angebracht war.

Flaherty nickte befriedigt. »Da hängt es an der richtigen Stelle«, sagte er. »Aber würden Sie auf einen alten Mann hören? Machen Sie einen Teig aus Hafermehl und Salz und legen sie den auf den Kopf Ihres Sohnes, ehe er heute abend schlafen geht.«

Katy konnte ihr Lachen kaum noch zurückhalten. »Und was bringt das, Mr. Flaherty, abgesehen davon, daß es Dreck macht und ich danach saubermachen muß?«

»Es schützt den Jungen vor allem Unheil«, antwortete er mit ernster Stimme. Dann wünschte der alte Mann ihr eine gute Nacht und ging zu seinem Traktor.

Katy sah zu, wie er den Bergweg hinunterfuhr, und plötzlich ging ihr auf, wie weit sie sich vom Aberglauben ihrer irischen Vorfahren entfernt hatte. Die Jahre in New York hatten sie da doch eines Besseren belehrt. Hafermehl und Salz, meine Güte! Kruzifixe! Kobolde! Wichtel! *Das Samhain Feis!*

Ein wildes Krächzen ließ sie aufblicken.

Eine Vogelschar wirbelte um das Hausdach herum, ihre Flügel zerteilten die kalte Luft. Katy lief in den Garten und starrte hoch, fasziniert von dieser klagenden Kakophonie. Sie wußte genug über Vögel, um Raben zu erkennen, obwohl die tiefstehende Sonne ihre Federn kupferrot aufleuchten ließ. Sie sah zu, wie die Vögel dreimal über ihr kreisten und dann auf die fernen Berggipfel zuhielten.

Sie ging zurück ins Haus und räumte ihre Einkäufe ein.

Das Abendessen war gerade fertig, als Katy auffiel, wie kühl es geworden war, und daß die Sonne bereits hinter den Bergen verschwand. Es war fast schon dunkel genug, um die Lampen anzuzünden.

Sie schaute aus dem Fenster und sah den kleinen Mike am Gartentor stehen. Voller Erstaunen sah sie, daß er mit einem anderen Jungen zusammen war, einem Jungen mit kupferroten Haaren, die im Schein der untergehenden Sonne wie tausend kleine Nadelspitzen funkelten. Katy rannte zur Tür und riß sie auf.

Verlor sie jetzt schon den Verstand? Mike stand ganz allein am Tor. Katy schaute sich um. Kein Mensch war zu sehen.

»Mike!« rief sie. »Du mußt jetzt ins Haus kommen!«

Mike drehte sich um, winkte der leeren Luft zu und kam dann auf sie zugetrottet.

»Das war ein schöner Tag, Mommy.« Er lächelte.

»Mike«, Katy zögerte und kam sich dumm vor. »Warst du eben mit einem kleinen rothaarigen Jungen zusammen?«

»Natürlich«, antwortete er wie aus der Pistole geschossen. »Mit Seán Rua.«

Katy überlief ein Kälteschauer. Vielleicht verlor sie wirklich den Verstand.

»Seán Rua möchte, daß ich heute nacht draußen mit ihm spiele, schließlich beginnt das *Samhain Feis*.«

Katy riß sich zusammen. »Na, Mr. Fantoni junior«, sagte sie. »Ich bin sicher, daß Seán Ruas Eltern ihn heute nacht ins Bett stecken werden, und das habe ich auch mit dir vor.«

Der kleine Mike verzog den Mund. »Oh, Mom!«

»Kein Wenn und Aber, du gehst zur normalen Zeit schlafen, junger Mann.«

Mike war nun endlich im Bett, und Katy hatte im Kamin Torf nachgelegt. Sie saß in dem alten geschnitzten Sessel vor dem Feuer, wärmte sich die Füße und trank eine Tasse heißen Kakao. Es war so friedlich, einfach hier zu sitzen und auf die Musik der tickenden Uhr auf dem Kaminsims und des prasselnden Feuers zu lauschen.

Später glaubte sie, daß sie in diesem Moment ihre Entscheidung über ihre Ehe mit Mario Fantoni getroffen habe. Es war einfach albern, sich einzureden, daß noch immer eine Beziehung bestand. Trennung oder Scheidung war die einzige Lösung. Sie sah jetzt alles ganz klar. Sie stellte ihre Tasse weg und seufzte.

Und dann merkte sie, daß etwas Seltsames passiert war. Tödliches Schweigen erfüllte das Haus. Das laute Ticken der Uhr war verstummt. Die Stille ließ sie überrascht aufschauen. Es war eine Minute vor Mitternacht. Sie blickte zum Feuer hinüber, dessen Flammen loderten und züngelten ... ohne das geringste Geräusch. O Gott! War sie taub geworden?

Ihr Herz hämmerte los.

Dann hörte sie ein zischendes Flüstern, das zunächst unverständlich war, dann aber wie der Klagegesang eines Windes immer lauter wurde. Lauter und lauter, bis sie die klare, melodische Stimme eines Kindes hören konnte.

»Mi-ke…! Mi-ke…! Komm mit mir spielen… komm mit mir spielen …«

Sie schaute sich um, um festzustellen, woher das Flüstern kam.

Das Knacken einer Tür ließ sie zusammenfahren.

Auf der anderen Seite des Zimmers wurde langsam die Tür zu Mikes Schlafzimmer geöffnet.

Und dort bewegte sich ein Schatten.

Der kleine Mike kam angestolpert, barfuß, in seinem gestreiften Schlafanzug, mit vom Schlaf noch unklaren, zwinkernden Augen.

»Mi-ke! Mi-ke … komm mit mir spielen!«

Sie wollte aufstehen, aber etwas sehr Schweres preßte sie in den Sessel. Sie versuchte, Mikes Namen zu rufen, aber ihre Kehle war plötzlich wie zugeschnürt.

Das scharfe Geräusch eines Riegels, der zurückgezogen wurde, ließ sie zur Haustür hinüberblicken. Voller Angst starrte sie die Riegel an, die sich aus eigener Kraft zu bewegen schienen. Zuerst wurde der eine zurückgezogen, dann der andere, dann bewegte die Türklinke sich, und die Tür öffnete sich nach innen.

Die flüsternde Stimme wurde lauter.

»Mi-ke!«

Der kleine Mike riß die Augen auf und lächelte.

»Seán Rua«, rief er. »Ich habe ja gewußt, daß du mich holen kommst. Und ich will mit dir spielen, ganz bestimmt.«

Katy kämpfte darum, sich aus dieser seltsamen Lähmung zu befreien, während Mike, der überhaupt nicht auf sie achtete, vertrauensvoll auf die Tür zustapfte.

Katy starrte voller Angst hinterher.

Hinter der Haustür konnte sie den schattenhaften Umriß eines kleinen Jungen sehen.

Und dann füllte lauter Gesang die Luft, und die Erde unter dem Haus schien zu zittern und zu beben. Das Haus wackelte wie bei einem Erdbeben.

Durch die offene Tür konnte sie den Umriß des seltsam geformten Gipfels sehen, den Flaherty *Reilig na Ifreann* genannt hatte, Friedhof der Hölle.

Vor Katys Augen schien die Erde sich zu öffnen und einen gezackten Spalt am Berghang freizulegen. Ein pulsierendes rotes Licht leuchtete in der Nacht auf. Der Gesang wurde immer heftiger und lauter, bis Katy das Gefühl hatte, die Vibrationen müßten ihr Trommelfell zum Platzen bringen.

Sie sah Mikes kleine Gestalt durch die Tür rennen, sah die schattenhafte Gestalt die Hände nach ihm ausstrecken.

Das Licht aus dem Bergspalt ließ das kupferrote Haar der Gestalt aufleuchten, ließ es tanzen wie ein Feuer. Und das Licht aus dem Haus fiel auf ihr Gesicht.

O Gott! Dieses Gesicht!

Boshafte grüne, mandelförmige Augen starrten sie an. Das Gesicht war leichenhaft blaß und scharf gezeichnet. Die Augenbrauen wiesen nach oben. Die Wangenknochen zeichneten sich deutlich ab, die Ohren waren spitz und standen fast rechtwinklig vom Kopf ab. Es war ein elfenhafter, böser Kopf.

Einen Moment lang starrte das Gesicht dieser Kreatur – was immer sie sein mochte – Katy an, dann wanderte langsam ein hämisches Lächeln über diese bizarren Züge.

Der kleine Mike rannte auf die Kreatur zu, die beiden faßten sich an den Händen, und dann liefen die beiden kleinen winzigen Gestalten auf die Öffnung im Berg zu.

Katys Herz hämmerte noch ärger, bis sie es nicht mehr ertragen konnte und in einer barmherzigen Welt der Finsternis versank.

Als sie erwachte, saß sie noch immer in schmerzhaft verzerrter Haltung im Sessel vor dem längst verloschenen Feuer. Die Öllampe hinter ihr auf dem Tisch zischte und stank. Das Zimmer war entsetzlich kalt, und das gelbe Zwielicht der Dämmerung sickerte durch die kleinen Fenster der Kate.

Sie hob ihre juckenden Augen zu der monoton tickenden Uhr. Es war halb acht. Sie setzte sich auf, reckte sich und starrte in die tote Asche im Kamin.

Und dann fiel ihr alles wieder ein.

Ihr Blick jagte zur Katentür. Die war geschlossen. Die Riegel waren vorgeschoben, und alles schien seine Ordnung zu haben. Sie sprang auf und lief zu Mikes Zimmer hinüber. Die Tür war zu. Sie zögerte, denn sie hatte Angst vor dem, was sie auf der anderen Seite finden würde.

Dann nahm sie allen Mut zusammen, drückte auf die Klinke und schaute ins Zimmer.

Mikes zerzauster blonder Kopf lag auf dem Kopfkissen, eine Hand lag vor seinem Mund, der Daumen war zwischen seinen Lippen verschwunden. Er atmete tief und gleichmäßig.

Katy hätte vor Erleichterung weinen können.

Zitternd ging sie ins andere Zimmer zurück.

War also alles einfach nur ein grotesker Alptraum gewesen? Sicher war sie vor dem Feuer eingeschlafen und hatte diesen seltsamen Traum gehabt. Es war sicher eine Mischung von Ängsten; Angst um Mike, ihre eigenen Ängste … und alles durchsetzt von Flahertys Volkssagen. Sie schüttelte angeekelt den Kopf und machte wieder Feuer. Und sie hatte gerade den Gaskocher angeworfen, als sie draußen Flahertys Traktor halten hörte.

»Ich kam gerade vorbei«, sagte der alte Mann, als sie die Tür öffnete. »Und ich dachte, ich schau mal herein…«

»Ich koche gerade Tee«, Katy lächelte und winkte ihn herein.

Seine hellen Augen blickten sie fragend an.

»Sie sehen müde aus«, sagte er.

»Ich bin gestern abend vor dem Feuer eingeschlafen«, gestand sie. »Und ich hatte einen ziemlich scheußlichen Alptraum.«

Er verzog nachdenklich den Mund. »Und wie geht's dem *garsún*?«

»Mike? Der schläft.«

»Ah.«

Katy musterte den alten Mann mitleidig. Jetzt, am lichten Morgen, war sie wieder zuversichtlich. »Na, Ihr *Samhain Feis* ist zu Ende. Und sind letzte Nacht irgendwelche Seelen verzehrt worden?«

Flaherty schnaubte. »Darüber sollten Sie keine Witze machen. Aber das *Samhain Feis* ist für dieses Jahr wirklich vorbei, *buíochas le Dia* … Gott sei Dank«, fügte er fromm hinzu.

»Mommy!«

Katy drehte sich um, als Mike aus seinem Zimmer kam, er gähnte und rieb sich den Schlaf aus den Augen. »Mommy, ich hab Hunger.«

Flaherty schlug sich auf den Oberschenkel und lachte. »Das weist doch auf einen gesunden Jungen hin. Hier, *a mhic*«, rief er. »Ich hab dir eine Kleinigkeit mitgebracht.«

88

Er steckte die Hand in seine Manteltasche und reichte dem kleinen Mike ein Stück Holz, eben das Stück Holz, an dem er in den letzten Tagen herumgeschnitzt hatte. Es war in eine wunderbar verzierte Flöte verwandelt worden.

»Das nennt man *feadóg stáin* oder *Pennyflöte*«, sagte Flaherty lächelnd.

Mike hob die Flöte an den Mund und blies mehrere Male versuchsweise hinein.

»*Go raibh maith agat*«, sagte er feierlich zu dem alten Mann.

Flaherty schmunzelte. »*An-mhaith! Is ró-mhaith uait é sin!*« Er klopfte dem Jungen auf die Schulter und wandte sich an Katy. »Ich sehe, Sie bringen dem Jungen fließendes Irisch bei!«

Katy runzelte die Stirn. »Ich war das nicht. Ich kann kein Wort von dieser Sprache. Wo hast du das gelernt, Mike?«

»Bei meinem Freund«, Mike lächelte und zog sich in eine Ecke zurück, um Flötenspielen zu üben.

Flaherty schien das nicht gehört zu haben, und offenbar war ihm auch Katys besorgte Miene entgangen. Er nippte zufrieden an seinem Tee.

»Sie und der *garsún* werden mir fehlen.«

Katy drehte sich zu ihm um und lächelte. »Wie nett, daß Sie das sagen. Wir fahren morgen oder übermorgen nach Dublin zurück und reisen dann gleich weiter nach New York.«

Der alte Mann bedachte sie mit einem vielsagenden Blick. »Und das Problem, über das Sie hier nachdenken wollten, haben Sie das gelöst?«

Katy lächelte ein wenig verkrampft. »Ich glaube schon.«

Flaherty seufzte. »Dann werden Sie vielleicht eines Tages wieder herkommen.«

»Vielleicht.«

Eine Woche darauf setzte ein Taxi Katy und Mike vor dem Haus in Glen Cove ab. Mario war zu Hause, er war betrunken und wütend über Katys »Verschwinden«. Schon ehe sie das Wohnzimmer betreten hatte, überschüttete er sie mit Beschimpfungen, da sie *seinen* Sohn ohne seine Erlaubnis aus dem Land geschafft habe. Er warf ihr den Versuch vor, den kleinen Mike zu kidnappen. Katy versuchte, ihn zu beruhigen, versuchte, sich zu beherrschen. Aber schließlich brach alles aus ihr heraus: Wie satt sie Marios zahllose Affären hatte, sein übles Verhalten im Suff, seine Einstellung ihr gegenüber, und, schließlich, daß sie ihn und diese Ehe nicht mehr ertragen konnte. Sie wollte die Trennung und dann die Scheidung.

Nach dem ersten Schock grinste Mario verächtlich. »Versuch nur, dich von mir scheiden zu lassen, dann führe ich Gegenklage«, fauchte er. »Und ich werde dich dermaßen durch den Dreck ziehen lassen, daß das Gericht mir Mike zuspricht und du ihn niemals wiedersehen wirst. Mich läßt keine sitzen, Baby.«

Katy starrte ihn entsetzt an.

Es war völlig klar, daß ihm das alles von Herzen kam. Das triumphierende Leuchten seiner Augen verriet ihr, daß er jedes Wort so gemeint hatte und daß er seine Drohungen durchaus in die Tat umsetzen konnte. Sie wußte genau, über welche Macht die Fantonis verfügten. Er würde ihr Mike wegnehmen, nicht, weil er Mike liebte, sondern um ihr eins auszuwischen. Und als sie das erkannt hatte, griff sie zu einer Porzellanfigur und warf sie geradewegs in Marios grinsendes, feixendes Gesicht. Er wich mit Leichtigkeit aus und ließ weitere Beschimpfungen folgen.

»Ich wünschte, du wärst tot«, fauchte sie zur Antwort. »Ich hoffe, du wirst in der Hölle verfaulen.«

Sie drehte sich auf dem Absatz um und sah den kleinen Mike, der hinter ihr in der offenen Tür stand. Er starrte seinen Vater mit einem seltsamen Gesichtsausdruck an. In seinen Augen lag soviel Bosheit, daß Katy nach Luft schnappte und zu zittern anfing. Auch Mario hatte diesen Blick gesehen.

»He, Junge, wisch dir diesen Ausdruck von deinem Drecksgesicht und zeig deinem Alten ein bißchen Respekt. Starr mich nicht so an!«

Mike schwieg, wandte seinen Blick jedoch nicht von seinem Vater ab.

Mario war jetzt wirklich zornig. »He, was hast du dem Kind über mich für einen Scheiß erzählt, du blöde Kuh?« fauchte er Katy an. »Hast du dem Kleinen Dreck über mich eingeredet?«

»Er braucht nur zu sehen, wie du dich aufführst, dann weiß er, was für ein Mensch du bist«, antwortete Katy gelassen. »Ich brauche ihm da gar nichts zu erzählen.«

Mario starrte die Haare des Jungen an.

»Hast du ihm die Haare gefärbt?«

Katy runzelte die Stirn und wußte zunächst nicht, wovon er da redete. Dann sah sie sich Mikes Haare an. Die zerzausten blonden Locken waren viel dunkler als sonst, ein tieferes Braun, fast schon kastanienfarben. Sie kniff die Augen zusammen. Vielleicht lag es an der Beleuchtung. Die Haare kamen ihr beinahe kupferrot vor.

»Starr mich nicht so an, Junge!« schrie Mario und steuerte plötzlich auf den Jungen zu.

Katy konnte nicht sehen, wie es passierte, aber als Mario sich vorwärts bewegte, geriet er plötzlich ins Stolpern und fiel auf sein Gesicht.

Sie blickte ihn wütend an.

»Du besoffener Penner!« sagte sie verbissen. »Wir werden über die Scheidung reden, wenn du wieder nüchtern bist.«

»Erst sehen wir uns in der Hölle«, fluchte Mario auf dem Boden.

Katy schnappte den kleinen Mike und lief die Treppe hoch.

Am nächsten Morgen wurde sie in aller Frühe von Lise, der Haushälterin, aus tiefem Schlaf gerissen. Lise war bleich, und sie schien sehr aufgeregt zu sein.

»Dio! Dio! Signore Fantoni è morto!«

Katy wischte sich den Schlaf aus den Augen und starrte die Frau an, die mit den Händen herumfuchtelte und in ihrem breiten Kalabreser Akzent immer wieder dasselbe rief.

»Was ist passiert?« fragte Katy. »Stimmt etwas nicht mit Mike? O Gott, ist Mike etwas passiert?«

»No, no.« Schluchzend schüttelte die Frau den Kopf. »Signore Fantoni ...«

»Was ist los?«

Lise zitterte hilflos und zeigte auf den Flur.

Seit ihre Eheschwierigkeiten überhand genommen hatten, hatten Katy und Mario getrennte Schlafzimmer. Marios lag auf der anderen Flurseite.

Katy streifte einen Morgenrock über und lief, gefolgt von der schluchzenden Lise, zu Marios Tür hinüber.

Als erstes sah Katy das Blut. Es war überall und zog sich wie rote Streifen über den Boden. Mario lag mitten in seinem zerwühlten Bettzeug auf dem Rücken. Seine Augen waren weit aufgerissen und verängstigt.

Katy schlug die Hand vor den Mund und spürte, wie Übelkeit in ihr aufstieg.

Ein Teil von Marios Kehle schien herausgefetzt worden zu sein.

Hinter ihr keuchte Lise: »*Animale! Lupo mannaro!*«

Katy blieb noch einen Moment stehen, dann riß sie sich zusammen und schob Lise vor sich her aus dem Zimmer. Draußen auf dem Flur zitterte sie und fühlte sich einer Ohnmacht nahe.

»Ruf die Polizei, Lise«, sagte sie. »Nimm dich zusammen und ruf die Polizei.« Ihre Stimme war scharf und fast hysterisch.

Lise wandte sich ab.

»Mike!« rief Katy plötzlich. »Diesen Anblick müssen wir ihm ersparen. Wo ist er?«

Lise drehte sich um, schniefte und rang um Haltung. »Als ich für Signore Fantoni Frühstück gemacht habe, spielte er draußen. Vor dem Haus im Garten, Signora.«

Katy stürzte zu ihrem Schlafzimmerfenster und schaute hinunter auf den Rasen.

Und da spielte wirklich der kleine Mike; er drehte immer wieder Kreise auf dem Rasen, und die Sonne ließ seine kupferroten Haare aufleuchten. Katy schnappte nach Luft. Seine *kupferroten* Haare!

Und als habe er ihr Aufkeuchen gehört, blieb er stehen und schaute zum Schlafzimmerfenster hoch.

Katys Herz hämmerte wild drauflos, und sie klammerte sich an die Fensterbank.

Es war schon Mikes Gesicht, aber seine Züge waren gewissermaßen verzerrt, schärfer. Seine Augen waren fast mandelförmig. Seine Ohren waren spitz und ragten rechtwinklig von seinem Kopf ab. Es war ein boshaftes Elfengesicht. Er starrte zu ihr hoch, und seine funkelnden grünen Augen trafen auf Katys Blick. Und er lächelte. Ein schüchternes, boshaftes Lächeln. Und sie sah das Blut auf seinen Lippen.

Das Phantom

Cnoc na Bhrón ist einer dieser trostlosen, verlassenen und einsam gelegenen Orte, die man in der
wilden Landschaft der kargen Kerry Mountains an der
Grenze zwischen Cork und Kerry noch heute findet.
In düsterer Einsamkeit liegt er dort oben zwischen den
kahlen Felsgipfeln, die zu den höchsten im County
gehören. Auf englisch bedeutet Cnoc na Bhrón »Sor-
genhügel«, Hill of Sorrow, doch in dieser Gegend hört
man nur selten Englisch, die Einheimischen halten an
der alten Sprache des Landes und an den Traditionen
fest, die schon Jahrtausende vor dem Eintreffen des
Christentums dort vorhanden waren. Cnoc na Bhrón
ist ein elender Flecken Erde, eingehüllt in düstere
Melancholie und trauernde Freudlosigkeit.

Aber vielleicht greife ich meinem Bericht vor. Ich
sollte zuerst erzählen, was mich, Kurt Wolfe aus Hou-
ston, Texas, in diese wilde, Tausende von Meilen von
meinem Zuhause entfernt gelegene Gegend geführt hat.
Es ist eine einfache Geschichte. Ich arbeite als Prospek-
tor für eine Bergbaugesellschaft, die es für lohnend hält,
einige der alten, aufgelassenen Kupferminen in Südwest-
irland zu untersuchen. Vor einem Jahrhundert gab es

viele solcher Minen, die durchaus Profit erzielten. Damals stand Irland unter englischer Herrschaft, und als es für England dann billiger wurde, sein Kupfer aus Australien zu holen, waren die irischen Minen nicht konkurrenzfähig und mußten eine nach der anderen schließen. Meine Gesellschaft spielte nun mit dem Gedanken, diese Minen wieder in Betrieb zu nehmen.

Ich hatte bei einigen Minen der Gegend schon Voruntersuchungen durchgeführt und befand mich nun auf der Fahrt in die Ortschaft Ballyvourney. Hier, das erzählte meine Landkarte, würde ich eine Straße finden, die mich in die Ballynasaggart Berge und zum Berg Cnoc na Bhrón führte. An den Hängen des Cnoc na Bhrón befand sich eine alte Mine namens Pollroo, wie ich gehört hatte, war das eine Verballhornung des irischen *Poll Rua,* was »rotes Loch« bedeutet, zweifellos eine Anspielung auf das hier gewonnene Kupfer. Meinen Notizen zufolge war Pollroo eine der letzten noch aktiven Minen gewesen, sie war erst um die Jahrhundertwende aufgegeben worden.

Den Ort Ballyvourney fand ich ohne größere Schwierigkeiten, doch obwohl ich eine sehr detaillierte Karte über die Gegend hatte, konnte ich die Straße zum Cnoc na Bhrón nicht entdecken. Zum Glück fand ich im Ort einen Streifenwagen und hielt dahinter an. Im Wagen saßen zwei Angestellte der *Garda Síochána,* bei denen ich mich nach dem Weg erkundigte.

»Sie sind wohl Amerikaner, nehme ich an«, sagte der mondgesichtige Fahrer mißmutig, als ich meine Frage gestellt hatte.

Ich nickte.

»Auf dem Cnoc na Bhrón gibt es nichts«, sagte sein Kollege.

Ich erklärte den Grund meines Besuches. Die beiden hoben die Augenbrauen und wechselten einen Blick.

»Es ist gefährlich oben beim Pollroo, die Mine ist seit der Jahrhundertwende verlassen. Heutzutage geht niemand mehr dorthin.«

Ich bezwang meine Ungeduld und sagte: »Wenn Sie mir den Weg zum Cnoc na Bhrón zeigen könnten …«

Nach dem Austausch weiterer Belanglosigkeiten führten sie mich schließlich durch ein Labyrinth von Nebenwegen zu einem Trampelpfad, den ich selber niemals hätte finden können. Es war ein schmaler, enger Pfad, der einst gepflastert gewesen, jetzt aber überwuchert war. Er schlängelte sich hoch in die Berge hinauf und kam dabei an vielen verlassenen steinernen Katen und uralten dachlosen Hütten vorbei.

Trotz des düsteren Aussehens der höheren Gebirgspartien war das Wetter überraschend mild, und die Tatsache, daß dieses milde Wetter die Regel war, zeigte sich in der Vielfalt an subtropischen Pflanzen, die hier zu sehen war. An den weiten Hängen der Tieflagen dominierte lila Heidekraut, auch Fuchsien waren reich vertreten und ebenso der Erdbeerbaum *arbutus,* der hier ziemlich üppig wuchs. Es ist ein immergrüner Strauch, der im Herbst und Winter blüht, und er hat eine eßbare Frucht, die ein wenig an Walderdbeeren erinnert, nur schmeckt sie ein wenig bitterer.

Ich empfand eine angenehme, entspannte Wärme, als ich durch diese sanfte, sonnenbeschienene Gegend fuhr.

Deshalb kam es ziemlich überraschend, als ich meinen Wagen um einen Bergvorsprung lenkte und plötzlich ein flaches Terrain erreichte, das Hochebene und Tal zugleich war. Eine Hand schien sich plötzlich vor die Sonne geschoben zu haben; ich wechselte vom

97

Licht in die Finsternis über. Irgendein Riese schien in die Bergflanke ein gewaltiges Loch gegraben zu haben. Die Hochebene war auf drei Seiten von schützenden Halbkreisen aus schwarzen Granitfelsen umgeben. Sie war vermutlich etwa eine Meile breit und auch eine Meile lang. Ich konnte einen *tarn* sehen, einen kleinen Bergsee, und die Ruinen eines Hauses. Hinter dem Haus lagen zerfallene Wirtschaftsgebäude und Bauten, die ich als verlassene Bergwerkshütten erkannte. Die Sonne schien die Hochebene nicht erreichen zu können, es herrschte eine seltsame Stille und Kahlheit, durchdringende Kälte hing in der Luft.

Ich fuhr weiter über den holprigen Pfad, der um den See herumführte, und hielt vor dem zerfallenen alten Haus. Meiner Karte nach hieß es Rath Rua, und es ähnelte vielen alten Gutshäusern aus einem vergangenen Zeitalter, wie wir sie im ländlichen Irland immer wieder finden. Einst war es der elegante Wohnsitz des Bergwerkbesitzers und seiner Familie gewesen. Ein Jahrhundert des Verfalls, der Vernachlässigung und der Raubzüge der Natur, heimtückische Schlingpflanzen und hungriger, gefräßiger Efeu entstellten nun das einstmals prachtvolle Aussehen des Anwesens. Ich stieg aus dem Auto und schaute zu den blinden Fenstern und den düsteren, abweisenden Mauern hoch. Die groben Steine waren offenbar aus dem schwarzen Granit der Felskreise herausgebrochen worden.

Die Luft kam mir hier feucht vor, und ich nahm den Geruch bittersüßer Fäule wahr, als eine kalte Brise mich anhauchte. Ich wandte mich zum See um. Er war ruhig, glatt und sehr schwarz. Das Wasser stand offenbar still, auf seiner Oberfläche trieben seltsame grüne Flecken. Ich begriff nicht sofort, daß Kupfererze, ver-

mutlich aus der aufgelassenen Mine, den See durch-
drangen. Aber diese Erkenntnis freute mich natürlich.
Wenn die Erze das Wasser im See färben konnten, dann
mußte noch einiges an Kupfer vorhanden sein.

Ich schaute auf meine Uhr. Es war Mittag, und ich
hatte genug Zeit für die ersten Proben. Natürlich wollte ich jetzt noch keine gründliche Überprüfung vornehmen. Ich wußte außerdem, daß ich Pläne der alten
Minengänge und vielleicht einen ortskundigen Führer
brauchen würde, um die Kupferminen zu finden und
entscheiden zu können, ob sich eine neue Inbetriebnah-
me lohnen würde.

Hinter dem Haus fand ich die Überreste eines über-
wucherten Pfades, der zu den schwarzen Granitfelsen
und dem Eingang zur Mine führte. Sein schwarzer
Schlund wurde vom Unterholz fast verdeckt. Ich drehte den Wagen und nahm den kleinen Rucksack heraus,
der mein Werkzeug enthielt. Ich nahm eine Taschenlampe in die Hand, warf mir den Rucksack über den
Rücken und bahnte mir auf dem Pfad einen Weg.

Wenn es beim Haus schon kalt gewesen war, so war
es hier noch viel kälter. Schwere Finsternis schien mich
einhüllen zu wollen. Ich schaltete die Taschenlampe ein
und ließ ihren Strahl an den Wänden entlangwandern,
die Menschenhand in den dicken Granit gehauen hatte.
Die Wände waren feucht. Offenbar sickerte durch
zahllose Spalten und Risse Wasser aus den Bergen
durch. Weiter hinten im Gang erzeugte das Geräusch
von sprudelndem Wasser eine laute, widerhallende
Musik.

Vorsichtig ging ich weiter und ließ meinen Licht-
strahl dabei hin und her wandern. Der Gang verengte
sich, die Decke wurde immer niedriger. An den Wän-

den glitzerte grüngeflecktes Wasser, der Boden war glitschig und von altem Schleim überzogen. Ich war noch nicht weit gekommen, als ich ausglitt; ich fuchtelte verzweifelt mit den Armen, um Halt zu finden, und knallte mit dem Kopf gegen einen Granitvorsprung. Einen Moment lang war ich wie betäubt, konnte mich jedoch fangen, rieb mir schuldbewußt die Stirn und ging weiter – diesmal jedoch etwas vorsichtiger.

Aber der Weg wurde immer schlimmer. Ich war gerade zu dem Schluß gekommen, daß es zu gefährlich wäre, allein hier weiterzugehen, als ich noch einmal den festen Boden unter den Händen verlor. Diesmal schienen meine Füße seitwärts davonzugleiten. Die Taschenlampe fiel mir aus der Hand, und ich stieß einen lauten Schrei aus. Ich versuchte, mich irgendwo festzuhalten, aber meine Vorwärtsbewegung ließ sich nicht stoppen. Und dann stürzte ich, ich stürzte in die totale Finsternis. Ich spürte, wie scharfe Felskanten nach mir stachen, sie zerschrammten mein Fleisch und zerfetzten meine Kleidung. Etwas zerbrach an meinem Kopf, und diesmal war das nicht nur von betäubender Wirkung. Einen entsetzlichen Moment lang überkam mich die Angst; grenzenlose Angst, die ein Herz zum Stillstand bringen könnte, bohrte sich wie ein Messer in meine Brust, als mir aufging, daß ich in einen senkrechten Schacht stürzte. Ich registrierte noch, daß ich auf den Boden aufschlug, und dann ... nichts. Eine tiefe, stumme, schwarze Leere umschloß mich.

Als ich meine Augen aufschlug, sah ich als erstes das fröhlich knisternde Feuer in einem prachtvoll verzierten Kamin. Ich kniff die Augen zusammen und runzelte die Stirn, um meine Umgebung klar sehen zu können. Ich lag offenbar auf einer Couch, und die Couch stand vor einem großen, mit Arabesken versehenen Kamin aus Marmor, in dem das lebhafte Feuer mit süßduftenden Kiefernholzscheiten spielte. Mein Blick wanderte weiter in ein großes in Weinrot und Gold gehaltenes Zimmer, es war ein wenig zu altmodisch für meinen Geschmack. Die Wände waren von zahlreichen Drucken und Zeichnungen bedeckt, und ich sah einige erlesene antike Möbelstücke.

»Nur ruhig«, sagte eine Stimme ganz in meiner Nähe. »Hier kann Ihnen nichts passieren.«

Ich wandte den Kopf ein wenig und sah einen hochgewachsenen Mann mit sympathischen Zügen, der am Kopfende der Couch stand. Ich wollte mich aufsetzen, doch der dumpfe Schmerz in meinem Kopf ließ mich aufstöhnen.

»Vorsichtig«, riet der Mann mit sanfter Stimme.

»Was ist passiert?« murmelte ich und hob die Hand, um mir die Schläfe zu massieren.

»Sie sind gestürzt, alter Junge«, erwiderte der Mann, er ging ein paar Schritte und stand dann vor mir. Er streckte die Hand aus und umfaßte mit professionellem Griff mein Handgelenk. Seine grauen, tiefliegenden Augen blickten in meine, dann wanderten sie weiter und musterten meine Stirn.

»Eine leichte Gehirnerschütterung, aber die werden Sie bald überwunden haben.«

»Was ist passiert?« fragte ich noch einmal.

»Sie sind in der alten Mine in einen Schacht gestürzt«, war seine Antwort.

Und nun erinnerte ich mich wieder.

»Das war wirklich verdammt blöd von mir«, sagte ich voller Reue.

»Äußerst blöd. Ich heiße O'Brien, Dr. Phelim O'Brien.«

Ich stellte mich vor und fragte dann: »Wo bin ich?«

»Mothair Pholl Rua, ein Haus in der Nähe der Mine.«

»Ich dachte, die Gegend sei mehr oder weniger verlassen«, sagte ich und ließ mich wieder auf die Couch sinken. »War ich lange bewußtlos?« fragte ich dann, denn ich sah, daß die Vorhänge geschlossen waren und daß draußen offenbar Dunkelheit vorherrschte.

Der Arzt nickte.

»Ist das Ihr Haus?«

»Mehr oder weniger«, erwiderte O'Brien in einem Tonfall, der meine Neugier weckte.

»Wie bin ich hergekommen?«

»Ich habe Sie hergebracht.«

»Aus dem Schacht in der Mine?« Verblüfft hob ich die Augenbrauen.

»Ich war zufällig in der Nähe, als Sie abgestürzt sind«, sagte er kurz, dann drehte er sich zum Kaminsims um und griff nach einer Pfeife. Er setzte sich in einen Sessel neben dem Kamin und gab sich Feuer, wobei er mich die ganze Zeit nachdenklich betrachtete.

»Sie sind Amerikaner.«

»Schuldig«, ich lächelte. »Und sind Sie der Arzt hier am Ort?«

»Nein, nein«, er schüttelte den Kopf. »Meine Praxis hatte ich in der Stadt Cork, aber das ist Jahre her.«

»Aber was hat Sie denn dann in diese Einöde verschlagen?« fragte ich. Ich nehme an, ich wollte einfach Konversation machen, während ich mich in Wirklichkeit fragte, ob ich imstande wäre, nach Ballyvourney zu fahren und mir für die Nacht ein Hotel zu suchen.

»Ach, ich bin schon seit langer Zeit hier …«

Da er kaum sehr viel älter als vierzig sein konnte, erlaubte ich mir die Bemerkung, daß von sehr langer Zeit wohl kaum die Rede sein könne. Er antwortete mit schmerzlichem Lächeln:

»Wenn Sie hier leben, mitten in diesen Bergen, so dicht bei der Natur, dann hat die Zeit keine praktische Bedeutung mehr.«

»Aber warum haben Sie Ihre Stadtpraxis mit dieser einsamen Gebirgsgegend vertauscht?« fragte ich, meine Neugier war jetzt stärker als meine anfängliche Zurückhaltung.«

»Der eigentliche Grund war – eine Frau.«

Angewidert starrte er seine Pfeife an, stocherte darin herum, gab sich ein weiteres Mal Feuer und machte versuchsweise einige Züge.

»Ich war damals verlobt. Und meine Verlobte wollte gern auf dem Land leben. Damals waren nicht wenige von den alten Landgütern zum Verkauf ausgeschrieben, Häuser und Grundstücke, die sehr vernachlässigt worden waren und die man deshalb billig erwerben konnte.«

»Sie wollten also eins kaufen?« Er nickte.

»Das hatten wir vor«, sagte er. »Ein Makler machte mich auf dieses Haus aufmerksam, auf Mothair Pholl Rua. Ich wollte es mir zuerst einmal ansehen, deshalb hatte ich meiner Verlobten noch nichts davon erzählt. Eines Sonntags stieg ich dann in mein Auto – ich hatte einen von diesen neuen Fords – und fuhr nach Ballyvourney.«

»Und dann beschlossen Sie, sich hier niederzulassen?«

»Nein.«

Überrascht starrte ich ihn an. »Aber Sie sind doch hier«, sagte ich.

»Ich wollte hier nicht bleiben.« Plötzlich runzelte er die Stirn. »Um ganz ehrlich zu sein, Mr. Wolfe, diese Geschichte ist nicht ganz leicht zu glauben.«

Ganz offensichtlich wollte O'Brien seine Geschichte erzählen, und ich mußte schon bewundern, auf welch geschickte Weise er mein Interesse geweckt hatte.

»Haben Sie je gehört, daß die Landbevölkerung hier vom *taibhse* spricht?«

»Vom Taiwsche?« wiederholte ich in dem Versuch, das irische Wort möglichst korrekt nachzusprechen. »Was ist das?«

»Ein *taibhse* ist ein Phantom«, sagte er mit tiefem Ernst. »Glauben Sie an so etwas?«

»Großer Gott, nein.« Ich lächelte breit.

»Ich auch nicht ... bis ich dann eines Tages nach Cnoc na Bhrón kam.«

Ich sah ihn an und hätte gern gewußt, ob er einen Scherz machte, aber sein Gesicht kam mir weiterhin sehr ernst vor.

Ich seufzte. »Erzählen Sie mir Ihre Geschichte«, bat ich dann.

Er stopfte seine Pfeife noch einmal und ließ sich in seinem Sessel zurücksinken. »Also, wie gesagt, ich fuhr nach Ballyvourney und bog dann auf die Straße nach Cnoc na Bhrón ab. Es war recht gutes Wetter, und ich fuhr ganz sorglos drauflos. Die Straße war menschenleer, und deshalb legte ich ein ziemliches Tempo vor, ich rechnete einfach nicht damit, hier irgend jemandem zu begegnen. Es passierte ganz plötzlich. Ich bog auf der Gebirgsstraße um eine Kurve, und wie aus dem Nichts gezaubert stand plötzlich ein Esel vor mir. Ich hätte niemals rechtzeitig halten können, deshalb riß ich das Lenkrad herum, um dem Tier auszuweichen. Wenn ich nach rechts gedreht hätte, dann wäre ich den Hang hinuntergestürzt und unten im Tal gelandet. Deshalb drehte ich nach links und geriet dabei in den Straßengraben. Die Motorhaube senkte sich, und als diese Bewegung zum Stillstand kam, wurde ich gegen die Windschutzscheibe geschleudert und verletzte mich am Kopf.

Danach habe ich wohl für einen Moment das Bewußtsein verloren, denn als ich wieder zu mir kam, hatte dieses verdammte Vieh sich davongemacht. Der Wagen steckte im Graben fest, und ich wußte, daß ich ihn allein niemals würde bewegen können. Deshalb beschloß ich, zu Fuß zu diesem Haus – Mothair Pholl Rua – zu gehen, das ich in der Ferne sehen konnte. Ich hatte die halbe Hoffnung, daß es dort noch ein funktionierendes Telefon geben würde, denn dann könnte ich im Dorf anrufen und mir diesen langen Fußweg ersparen. Nun ja, es gab kein Telefon ... aber ich will nicht vorgreifen.

Ich stieg also den Gebirgspfad zu dem wirklich beeindruckenden Haus hoch. Ich konnte aber schon aus der Ferne erkennen, daß es nicht das richtige Haus für mich wäre. Es stand an einer einsamen, isolierten Stelle. Sie finden das vielleicht albern, aber für mich hatte das Haus etwas Befremdendes. Doch ein Haus ist ja eigentlich nur eine Ansammlung von Steinen, Holz und Glas, die irgendein erfinderischer Mensch so zusammengefügt hat, nicht wahr? Ein Haus ist nur ein lebloses Objekt, eine tote, anorganische, wesenlose Struktur. Doch trotz dieses Wissens hatte ich das Gefühl, daß irgend etwas an diesem Haus mich bedrohte.

Als ich dann die Steinmauer erreichte, die vermutlich die Grenze des einstigen Gartens kennzeichnete, entdeckte ich plötzlich einen kleinen Jungen, der darauf saß. Er starrte vor sich hin und schnitzte an einem Holzstück herum.

›Hallo‹, rief ich. Zu meiner Überraschung achtete der Junge nicht auf mich. Ich dachte, er sei vielleicht taub. Ich ging auf ihn zu und rief noch einmal. Und ich schwöre, er hob den Kopf und starrte mich an … nein, durch mich hindurch, als sei ich gar nicht vorhanden. Und dann warf er ganz ruhig das Holzstück weg, steckte sein Taschenmesser ein, sprang von der Mauer, schaute sich noch einmal um und lief dann den Hang hinunter. Er sagte kein Wort und schaute auch nicht wieder in meine Richtung.«

»Kinder benehmen sich manchmal eben seltsam«, mit dieser Bemerkung unterbrach ich O'Briens Bericht.

Der Arzt betrachtete mich nachdenklich und nickte dann zustimmend. »Das dachte ich damals auch. Ich ging also weiter auf das Haus zu und schaute durch die verhängten Fenster. Der Makler hatte mir den Schlüssel gegeben, und ich fand meine ursprüngliche Reaktion auf das Haus nun recht albern und öffnete die Tür. Während ich meine erste Reaktion noch zu verdrängen versuchte, stellte dieses Gefühl sich auch schon wieder ein. Das Haus war auf irgendeine Weise unfreundlich und abwesend. Ich fror und war nervös. Wenn dieses Haus je von Liebe erfüllt gewesen war, dann hatte diese Liebe sich längst verflüchtigt. Ich erkannte bald, daß ich vergeblich gehofft hatte, ein noch funktionierendes Telefon vorzufinden. Ich beschloß, ins Dorf zurückzugehen. Es würde ein langer Marsch sein, aber ich machte mich doch zuversichtlich auf den Weg. Ich fühlte mich eigentlich recht entspannt und wohl.«

Er unterbrach sich und starrte mich an. »Ich betone das, weil danach etwas passierte. Ich hatte meinen Wagen erreicht und war vielleicht ein Dutzend Meter weitergegangen, als mich ein äußerst seltsames Gefühl überkam.«

»Was für ein Gefühl?« fragte ich.

»Mir war schlecht. So schlecht und schwindlig, daß ich schon mit einer Ohnmacht rechnete. Dieser Anfall, oder was immer das war, war so heftig, daß ich mich an den Straßenrand setzen mußte. Mein Körper schien zu Eis zu erstarren, und vor meinen Augen hing eine seltsame Finsternis, ein bißchen wie in der Abenddämmerung ... und doch wußte ich, daß es erst früher Nachmittag war. Ich wußte, daß ich in diesem Zustand nicht weitergehen konnte. Ich überlegte mir, daß ich auf irgendeine Weise versuchen mußte, zum Haus zu kriechen und mich dort auszuruhen.

Das tat ich dann auch, ich strengte wirklich meinen ganzen Körper dabei an. Stellen Sie sich mein Erstaunen vor, Mr. Wolfe, daß mein Zustand sich besserte, als ich mich einige Meter von meinem Wagen entfernt hatte. Ich hielt an; wenn ich mich jetzt so wohl fühlte, hatte ich diesen unbegreiflichen Anfall vielleicht schon überwunden. In Gedanken ging ich die Symptome durch. Aber die einzige Erklärung, die ich fand, war die, daß ich nach meinem Autounfall einen verspäteten Schock erlitten haben könnte. Jetzt fühlte ich mich also wieder wohl. Ich zuckte mit den Schultern, machte kehrt und ging bergabwärts.

Doch kaum war ich vielleicht ein Dutzend Meter weitergelangt, als dasselbe noch einmal passierte. In all meinen Jahren als Arzt hatte ich eine solche Übelkeit niemals erlebt oder auch nur davon gehört. Schließlich kehrte ich dann zum Haus zurück, schloß die Tür auf und kroch zu der Couch, auf der Sie jetzt liegen. Diesmal brauchte ich ein wenig länger, um mich zu erholen, aber am Ende war es dann soweit.«

Er legte eine Pause ein und starrte ins Feuer. Die tanzenden Flammen spiegelten sich in seinen düsteren grauen Augen wider.

Ich zitterte. Mir ging auf, daß mir trotz des hellen, lustigen Feuers doch seltsam kalt war.

Dr. O'Brien sah, daß ich zitterte. Er verzog den Mund, sagte aber nichts dazu.

»Ich blieb dann eine ganze Weile auf der Couch liegen. Es wurde schon dunkel, als ich mich endlich zusammennahm und beschloß, einen dritten Versuch zu machen, den Hang hinabzusteigen. Und dann fiel mir ein kleines Feuer auf, das in der Nähe des Hauses brannte.

Ich schaute aus dem Fenster und sah, daß es sich um ein Lagerfeuer handelte, das vor einem Zelt entfacht worden war. Im Licht dieses Lagerfeuers, das durch den dunklen Abend flackerte, sah ich einen jungen Mann und eine junge Frau, die davor saßen und irgend etwas kochten. Hier in den Bergen stößt man ja oft auf Wanderer und Camper, und zweifellos hatten diese beiden beschlossen, ihr Lager im Garten des alten Hauses aufzuschlagen, als ich noch auf der Couch lag. Ich war natürlich glücklich. Endlich war ich auf Menschen gestoßen, und sie konnten mir auch etwas zu essen und zu trinken geben. Ich rannte aus dem Haus und über die wilden Wucherungen, die einst eine Rasenfläche gewesen waren.

›Hallo!‹ rief ich, noch ehe ich ihr freundliches Lagerfeuer erreicht hatte. Ich wollte sie nicht durch mein
plötzliches Erscheinen erschrecken.

Aber sie schauten nicht auf, obwohl sie mich doch
gehört haben mußten. Sie beugten sich über ihren Kochtopf und kicherten und tuschelten dabei miteinander.

Ich erreichte das Lagerfeuer und stand vor ihnen.

›Hallo‹, sagte ich. ›Tut mir leid, Sie stören zu müssen,
aber ich hatte hier in der Nähe einen Autounfall.‹

Sie achteten nicht auf mich.

Und dann überkam mich eine plötzliche Kälte. Ich
registrierte, daß das Feuer zwar züngelte und knister-
te, daß es aber keine Wärme gab. Und die Gestalten
der beiden hatten etwas Ätherisches, einen silbrigen,
flackernden Schein. Als ich genauer hinsah, waren ihre
Züge so blaß, so durchscheinend, daß ich das Gefühl
hatte, durch sie hindurchblicken zu können.

›Was ist los?‹ schrie ich und versuchte, meine Angst
nicht hörbar werden zu lassen. ›Hört ihr mich nicht?‹

Sie plauderten weiter – über die Wanderung durch
die Berge nach Kenmare, die sie für den nächsten Tag
geplant hatten.

Plötzlich packte mich der Zorn. Ich streckte die
Hand aus, um die Schulter des Jungen zu packen und
ihn zu schütteln.

A Dhia na bheart! Meine Hand – meine Hand griff
durch seine Schulter hindurch. Der Junge hatte keine
körperliche Existenz. Seine einzige Reaktion bestand
darin, daß er ein wenig zitterte und zu seiner Begleite-
rin sagte: ›Hier oben weht aber ein kühler Wind.‹

Voller Entsetzen wich ich zurück.

War das alles eine alptraumhafte Vision? Die alten
Leute sprachen natürlich oft von einem *taibhse,* einem

Kobold, einem nicht greifbaren Schatten. Ich zog mich vorsichtig von diesen geisterhaften Wanderern zurück und rechnete damit, daß sie jeden Moment aus meinem Blickfeld verschwinden würden. Aber das taten sie nicht. Ich schwitzte – und war gleichzeitig vor Angst eiskalt. Ich konnte mich nicht entscheiden, ob ich sofort über den Gebirgspfad hinunter in die Dunkelheit gehen oder lieber im Haus warten sollte, bis die Morgendämmerung die Gegend in ein freundliches Licht hüllte.

Ein hohles Husten hinter mir ließ mich herumfahren, ich fragte mich, welche neue Gefahr mich da wohl bedrohte.

Auf der niedrigen Gartenmauer saß ein Mann. Er war alt, tiefe Furchen durchzogen sein Gesicht. Ich konnte seine eingekerbten Züge deutlich sehen, denn er hielt in der Hand eine Sturmlaterne. Seine dunklen Augen blickten mich düster an.

›Gott möge mich vor allem Übel schützen!‹ rief ich auf irisch, denn ich empfand eine grauenhafte Angst.

›Da sage ich Amen‹, erwiderte der Mann.

Die Erleichterung schlug über mir zusammen wie eine Flut. ›Sie können mich hören?‹

›Das kann ich.‹

›Sie können mich sehen?‹

›Auch das kann ich.‹

›*Buíochas le Dia!* Gott sei Dank‹, sagte ich und seufzte. Dann schaute ich mich um. Diese seltsamen Wesen saßen noch immer an ihrem geisterhaften Lagerfeuer. ›Aber können Sie die da hinten auch sehen?‹

Abermals nickte der Mann.

›Aber sie können mich weder hören noch sehen‹, rief ich verzweifelt.

Der alte Mann zuckte mit den Schultern.

›So ist es eben.‹

›Wie meinen Sie das?‹

›*Mo bhuachail*‹, sagte er, nun um einiges freundlicher. ›Mein junger Freund, Sie müssen doch wissen, daß das Phantome sind. Hier oben in den Bergen wohnen wir dicht an der Natur und sehen vieles, das den Bewohnern der Städte seltsam vorkommen muß. Aber wir sind alle ein Teil des Universums, einer Welt, wo das Natürliche und das Übernatürliche wie die zwei Seiten einer Münze sind. Es gibt kein ‚natürlich‘ und kein ‚übernatürlich‘, es gibt nur das, was ist, und das, was ist.‹

Wenn mir jemand erzählt hätte, ich würde eines Tages mitten in der Nacht hoch oben in den Derrynasaggart-Bergen mit einem alten Bauern über höhere Philosophie sprechen und dabei ein Phänomen anstarren, hätte ich das für unmöglich gehalten, ich hätte meine Gesprächspartner zweifellos für verrückt erklärt.

›Sie sind wirklich der Meinung‹, fragte ich den alten Mann, ›daß das Phantome sind?‹

›*Sin é*. Genau dies‹, antwortete er. ›*Taibhse*.‹

Ich starrte ihn an und las in seinem ernsten Blick, daß er die Wahrheit gesagt hatte. Ich hob die Hand und wischte mir den Schweiß von der Stirn. Dann dachte ich an dringlichere Angelegenheiten.

›Könnten Sie mir sagen, wo ich ein Bett für die Nacht mieten kann?‹

›Ich würde Ihnen ja eins in meiner Kate anbieten, aber die liegt fünf Meilen von hier, und ich muß an die Arbeit. Versuchen Sie es im Haus. Miss Áine müßte eigentlich zu Hause sein.‹

Er drehte sich um und entfernte sich mit schnellen Schritten. Ich rief ihm nach und sagte, das Haus sei doch verlassen, aber er war schon in der Nacht verschwunden. Zitternd warf ich noch einen Blick auf die geisterhaften Wanderer und dachte, daß mir wohl kaum etwas anderes übrig bliebe, als für diese Nacht im Haus Schutz zu suchen.

Ich öffnete die Tür und erstarrte. Während das Haus mir bisher als kalt, unfreundlich und abweisend erschienen war, war es jetzt warm geworden, erfüllt von einer sanften, freundlichen Wärme. Wo bisher Staub und Spinngewebe geherrscht hatten, sah jetzt alles sauber aus, als habe jemand ganz plötzlich überall gefegt, poliert und aufgeräumt. Selbst die alten Möbelstücke, die ich für rauh, feucht und verschlissen gehalten hatte, waren jetzt fast neu und wirkten bequem und ständig benutzt.

Ich fand, ich hätte für diesen Tag genug Schocks erlitten, und wandte mich gerade ab, als ich das leise Rascheln von Seidenröcken hörte. Dann wurde die Tür des Wohnzimmers aufgerissen, und vor mir stand eine junge Frau. *Dia linn!* Sie war schön. Ein dünnes, zartes Geschöpf mit rotgoldenen Haaren und ernsten, grünen Augen. Im vagen Licht der Lampe, die sie in der Hand hielt, sah sie aus wie eine Göttin. Meine Anwesenheit schien sie nicht im geringsten zu verwundern.

Ich suchte nach den richtigen Worten. ›Es tut mir furchtbar leid‹, sagte ich, ›ich wußte nicht, daß das Haus noch bewohnt ist. Der Makler sagte, es sei schon vor dem Großen Krieg aufgegeben worden.‹

Die Frau runzelte überrascht die Stirn. ›Es tut mir leid, Sir‹, sagte sie. ›Ich weiß nicht, wovon Sie da sprechen.‹

Verzweifelt redete ich weiter. ›Der Makler hat mir gesagt, dieses Haus, Mothair Pholl Rua, sei zum Verkauf ausgeschrieben, und ich ...‹

Sie fiel mir lächelnd ins Wort. ›Aber dieses Haus heißt Rath Rua, Sir.‹

›Dann bin ich im falschen Haus und habe einen schrecklichen Fehler gemacht.‹

Sie lächelte, doch ihre hübsche Stirn blieb weiterhin gerunzelt.

›Sie suchen ein Haus namens Mothair Pholl Rua?‹ fragte sie und warf ihre rotgoldenen Haare in den Nacken. ›Aber ich habe nie von einem solchen Haus gehört, und ich wohne doch schon mein ganzes Leben hier. Ich bin Áine FitzGerald. Das Gut und die Mine gehören meinem Vater, Lord Cauley FitzGerald.‹

Ich stellte mich vor und gab zu, zu meinem Bedauern noch nie von ihrem Vater gehört zu haben. Sie bat mich in den Salon, und wir setzten uns vor den Kamin und plauderten eine Weile. Ich wollte mein Erlebnis mit den geisterhaften Wanderern nicht erwähnen, um meiner reizenden Gesellschafterin keine Angst einzujagen. Ich fragte mich, warum sie offenbar allein im Haus war.

Und dann bemerkte ich das graue Licht der Dämmerung, das durch die Fenster sickerte, und mir ging auf, daß ich nicht geschlafen hatte. Seltsamerweise fühlte ich mich belebt und frisch. Ich entschuldigte mich für meine Gedankenlosigkeit, durch die ich die junge Frau die ganze Nacht im Gespräch festgehalten hatte.

Sie lächelte mich freundlich an und kicherte. ›Machen Sie sich keine Sorgen, Herr Doktor‹, sagte sie mit süßer Stimme. ›Hier schläft wirklich niemand.‹

Ich runzelte die Stirn und glaubte, mich verhört zu haben. ›Ich sollte mich auf den Weg ins Dorf machen‹, sagte ich.

Ihre hübschen Züge verzogen sich schmerzhaft. ›Leider wäre dieser Gang für Sie ganz nutzlos.‹

›Wie das?‹ fragte ich, und mir war plötzlich sehr unbehaglich zumute.

›Ach, mein armer Doktor, wissen Sie das denn nicht? Ich dachte, ein Mann von Ihrer Intelligenz hätte das längst erkannt.‹

Ich sage Ihnen, Mr. Wolfe, mich erfaßte eine entsetzliche Angst.

›Was denn erkannt?‹ wollte ich wissen.

›Warum Sie nicht über die Stelle hinaus können, an der Sie den Unfall hatten. Verstehen Sie ... Sie sind dort ums Leben gekommen.‹«

O'Brien unterbrach sich, seufzte und versetzte dem Kamin mit der Stiefelspitze einen Tritt.

Lange starrte ich ihn an und wußte nicht, ob ich lachen sollte.

»Meine Gastgeberin redete weiter. ›Die Geister, die Sie letzte Nacht zu sehen geglaubt haben, das waren lebendige Menschen. Sie sind hier der Tote.‹

Nun, Mr. Wolfe, ich kann Ihnen sagen, ich war vielleicht schockiert. Und ich brauchte sehr lange, um zu der Erkenntnis zu gelangen, daß die junge Frau recht hatte. Und seit jenem Tag bin ich hier im Haus ... ich weiß es noch genau. Es war der 12. Mai 1929.«

Mit gleichgültiger Miene ließ er sich im Sessel zurücksinken und steckte sich noch einmal die Pfeife an.

Ich starrte den Mann einen Moment lang an und schnaubte dann angeekelt. »Ich finde diese Geschichte nicht besonders komisch, Doktor«, sagte ich verkniffen.

Seine grauen Augen funkelten mich an. »Sie sollte auch eigentlich nicht nur komisch sein, Mr. Wolfe.«

Er wandte sich ab und schaute die Vorhänge an.

»Aber hier haben wir das erste Licht der Dämmerung«, sagte er, stand auf und öffnete die schweren, raschelnden Samtvorhänge.

Er hatte recht, das kalte graue Licht der Dämmerung füllte die hohen Glasfenster. Ich erhob mich und schüttelte den Kopf. Entweder hatte Dr. O'Brien einen seltsamen Sinn für Humor, oder er war mehr als nur nicht ganz richtig im Kopf.

Aus der Ferne hörten wir einen Automotor.

»Wenn ich mich nicht irre, Mr. Wolfe«, O'Briens Stimme klang recht mitfühlend, »dann ist das sicher ein Suchtrupp, der nach Ihnen Ausschau hält.«

Ich trat neben ihn ans Fenster. Ich konnte über den Berg hinweg die alte Straße sehr gut sehen, und obwohl das graue Licht des frühen Morgens alle Farben neutralisierte, konnte ich die hellen Scheinwerfer eines Autos sehen, das auf der gewundenen und kurvenreichen Straße zu uns nach oben unterwegs war.

»Na, immerhin können die mich zu der Stelle mitnehmen, wo ich meinen Wagen abgestellt habe«, sagte ich. »Ist das alte verfallene Haus bei der Kupfermine weit von hier entfernt?«

O'Brien lächelte über das ganze Gesicht. »Ihr Wagen steht hier vor dem Haus, da, wo sie geparkt hatten.«

Mir klappte das Kinn herunter. »Aber ich habe vor der Ruine geparkt, vor dem alten Haus, das Rath Rua genannt wird. Was spielen Sie eigentlich für ein Spiel, Doktor? Und haben Sie nicht gesagt, daß dieses Haus Mothair Pholl Rua genannt wird?«

»Das Haus hieß Rath Rua, als es noch jung und lebendig war. Sie hätten wissen müssen, das das irische Wort *mothair* Ruine bedeutet, Mr. Wolfe. So wird Rath Rua heutzutage genannt.«

Ich schnaubte vor Empörung. Ich hatte am Vortag die Ruinen von Rath Rua gesehen, und dieses Haus war doch tadellos in Schuß. Eine Ruine war es auf keinen Fall.

Der Wagen hielt vor der Tür. Ich schaute aus dem Fenster und sah das blaue Blinklicht auf dem Dach und die Aufschrift *Garda*. Polizei. Endlich konnte ich mit gesundem Menschenverstand rechnen.

»Ich sollte ihnen wohl ganz schnell sagen, daß es mir gut geht«, sagte ich kühl.

O'Brien lächelte sanft, sagte aber nichts.

Ich verließ das Wohnzimmer, durchquerte die Halle und öffnete die massive Haustür. Von dort führte eine breite, sechsstufige Treppe zur Auffahrt.

Und am Fuße der Treppe stand mein Wagen, deutlich zu sehen im Licht der Scheinwerfer des Streifenwagens und des blaßgrauen frühen Morgens. Mein Mund öffnete sich vor Verblüffung. Alle möglichen Gedanken jagten mir durch den Kopf und gipfelten in der Überlegung, daß O'Brien selber den Wagen von der Ruine, wo ich ihn abgestellt hatte, hergefahren haben mußte.

Eine Autotür wurde ins Schloß geknallt und ein mondgesichtiger Polizist ging zu meinem Wagen und schaute hinein. Sein Kollege lehnte neben einer offenen Tür am Streifenwagen und hielt ein Mikrofon in der Hand.

»Das ist wirklich die Karre von diesem Ami«, rief der mondgesichtige Beamte.

Offenbar hatte er mich noch nicht gesehen, und deshalb lief ich grinsend die Treppe hinunter. »Ist schon in Ordnung, hier bin ich«, rief ich.

Zu meiner Überraschung wurde ich von beiden ignoriert.

116

»Wir schauen am besten erst in der alten Ruine nach, aber wenn er da nicht ist, dann müssen wir uns wohl die Mine vornehmen. Und dabei habe ich ihm doch extra noch gesagt, wie gefährlich es da ist, was?«

»Ja, das hast du, John-Joe«, erwiderte sein Kollege.

»Jetzt wartet doch mal«, verlangte ich gereizt.

Ich stand genau vor dem mondgesichtigen Polizisten, als er sich von meinem Wagen abwandte. Er starrte mir voll in die Augen, trat dann einen Schritt vor und ging durch mich hindurch.

O'Briens fast wahnsinniges Lachen riß mich langsam aus meinem Schock.

Ich fuhr herum und starrte ihn an, denn inzwischen war er auf die Treppe getreten. »Was – was ist los?« Meine Stimme brachte nur noch ein verängstigtes Flüstern zustande.

»Begreifen Sie denn nicht?« O'Brien wischte sich die Lachtränen aus den Augen. »Kapieren Sie das denn immer noch nicht, Sie armer Tor? Sie sind ebensosehr ein *taibhse* wie ich. Sie haben sich das Genick gebrochen, als sie in den Schacht der alten Kupfermine gestürzt sind. Sie sind tot!«

Ich stieß einen Schrei des Unglaubens, des Entsetzens aus. Niemals hatte ich eine solche blindwütige Panik empfunden. Ich lief die Vortreppe hinunter in das gastfreundliche Licht des frühen Morgens, ich machte kehrt, um von diesem düsteren, unheilverkündenden Ort zu entfliehen. Doch dabei verlor ich auf der Treppe das Gleichgewicht, schwankte und stürzte zu Boden. Der Aufprall ließ mich sofort ohnmächtig werden.

Gleich darauf kam ich wieder zu mir, es war nur eine sehr kurze Betäubung gewesen.

Doch es war kalt und dunkel. Schwere Finsternis hüllte mich ein. Ich stellte fest, daß ich in der Hand eine Taschenlampe hielt, und schaltete sie ein. Ihr Strahl wanderte an der Wand entlang, die Menschenhand aus dem dicken Granit gehauen hatte. Die Wände waren feucht. Offenbar sickerte durch zahllose Spalten und Risse aus den Bergen Wasser durch. Weiter vorn im Gang erzeugte das Geräusch von sprudelndem Wasser eine laute, widerhallende Musik.

Für einen Moment blieb ich verwirrt stehen, ich hob die Hand, um meinen schmerzenden Kopf zu massieren und um die brennende Schürfwunde an meiner Schläfe zu betasten.

Und dann hatte ich plötzlich große Lust, vor Lachen zu brüllen. Ich stand in der alten Kupfermine. Beim Versuch, den Tunnel zu erkunden, war ich ausgerutscht und mit dem Kopf gegen einen überhängenden Granitquader geschlagen, und das mußte mich vorübergehend betäubt haben – *vorübergehend!* Während dieser kurzen Zeit hatte ich wirklich einen seltsamen Traum gehabt! Ich schauderte und lächelte dann reuevoll. Diese Gegend hier mit ihren zahllosen Sagen und Geistern hatte mich offenbar stärker beeinflußt, als ich zugeben mochte. Aber jetzt hatte ich mich ja wieder erholt. Ich spielte noch kurz mit dem Gedanken, mich tiefer in die Mine hineinzuwagen; es war doch recht gefährlich. Aber es wäre doch besser, mir alles anzusehen, ehe ich die Rückkehr antrat.

Vorsichtig bewegte ich mich vorwärts und ließ dabei den Strahl meiner Taschenlampe hin und her wandern. Bald sah ich, daß der Tunnel sich verengte, daß die Decke über meinem Kopf zusehends niedriger hing. An den Wänden glitzerte grüngeflecktes Wasser, der

Boden war glitschig und von altem Schleim überzogen.

Ich war gerade zu dem Schluß gekommen, daß es zu
gefährlich wäre, allein hier weiterzugehen, als ich noch
einmal den festen Boden unter den Füßen verlor. Diesmal schienen meine Füße seitwärts davonzugleiten. Die
Taschenlampe fiel mir aus der Hand, und ich stieß
einen lauten Schrei aus. Ich versuchte, mich irgendwo
festzuhalten, aber meine Vorwärtsbewegung ließ sich
nicht stoppen. Und dann stürzte ich, ich stürzte in die
totale Finsternis. Ich spürte, wie scharfe Felskanten
nach mir stachen, sie zerschrammten mein Fleisch und
zerfetzten meine Kleidung. Etwas zerbrach an meinem
Kopf, und diesmal war das nicht nur von betäubender
Wirkung. Einen entsetzlichen Moment lang überkam
mich die Angst, grenzenlose Angst, die ein Herz zum
Stillstand bringen könnte, bohrte sich wie ein Messer in
meine Brust, als mir aufging, daß ich in einen senkrechten Schacht stürzte. Ich registrierte noch, daß ich auf
den Boden aufschlug, und dann …

Nichts.

Die Sängerin

Ich habe mir das Tonband jetzt ein dutzendmal an-
gehört, habe es immer wieder ablaufen lassen und
kann es einfach nicht glauben, ich begreife nicht, was
hier für eine seltsame Verwandlung geschehen ist. Die
Studiotechniker sind gegangen, verstummt sind ihr
spöttisches Lachen und ihre gehässigen Kommentare,
sie waren davon überzeugt, daß ich sie zum Narren
halten wollte. Aber wenn hier jemand zum Narren gehalten worden ist, dann doch wohl ich.

Aber hat sich da wirklich jemand einen groben
Scherz mit mir erlaubt …? Die Alternative ist jedoch so
bizarr, daß ich sie nicht akzeptieren kann.

Ich sitze allein im Studio, spule das Band hin und her,
starre durch das Fenster des Aufnahmeraums in das
düstere Studio mit seinen verlassenen Notenständern,
Stühlen und Notenblättern – verlassen von den Musi-
kern, als die Aufnahmesession zu Ende war. Ich sitze
allein hier und höre mir das Band an, auch wenn ich
jetzt kaum noch zuhöre.

Statt dessen höre ich *ihre* Stimme; weich, leicht atem-
los, einen ruhigen, gelassenen Sopran. Die klangvolle
Melodie steigt und sinkt wie ein Sommerwind. Die

uralten gälischen Rhythmen und Wörter liebkosen meine Ohren.

Vergiß mich nicht, verlaß mich nicht,
auch wenn ich bin so arm,
bleib bei mir, verlaß mich nicht,
schütz mich vor allem Harm,
O Himmel, führe mich zu dem,
der einst das Herz mir brach,
denn nur ein solches Wiedersehen
befreit von dieser Schmach.

Ich wische mir den Schweiß von der Stirn und merke, daß ich gleichzeitig schwitze und zittere. Ich zittere, weil eisige Hände sich in mein Rückgrat zu krallen scheinen.

Ist es wirklich möglich, daß ich erst vor wenigen Tagen zusammen mit Art Kirwan, dem die kleine Schallplattenfirma gehört, für die ich als Produzent arbeite, in diesem Studio gesessen habe?

Wir sind natürlich keine große Firma, nicht einmal für irische Maßstäbe. Shannon Records, Dublin, ist kein Riese, aber wir gelten doch als »wachsendes Unternehmen«, und wir wachsen an Größe und Bekanntheit, wir müssen jedoch noch einiges schaffen, ehe wir uns mit Gael-Linn oder Claddagh messen können. Immerhin haben zwei von unseren Singles es in die irischen »Top Ten« geschafft, und eine hat sogar die britischen »Top Twenty« erreicht. Für unseren guten Ruf ist das gar nicht schlecht.

Ich mischte also an unserer neuesten Single herum, als Art in den Kontrollraum kam.

»Ist das die MacAuley-Single?!« fragte er und schnaubte, als ich nickte. Art schnaubt immer dann, wenn andere grunzen oder »aha« sagen.

»Was ist los?« fragte ich, befreite meine Ohren von den Kopfhörern und schaltete das Tonbandgerät aus.

»Unser Vertrieb teilt mit, daß der Einzelhandel nicht mehr dazu bereit ist, größere Mengen an Singles auf Lager zu haben. Das Publikum wünscht LPs, Kassetten, CDs – die Zeiten der Sieben-Zoll-Vinyl-Single sind vorüber.«

Er verstummte und fuhr sich mit der Hand über den Nasenrücken, als denke er über eine düstere Zukunft nach.

»Na, damit hätten wir ja rechnen können«, sagte ich, was auch kein Trost war, »die Fachpresse redet doch schon seit einiger Zeit darüber.«

Art hatte mich offenbar nicht gehört. Er sagte:

»Und deshalb müssen wir diese Single streichen. Es hat keinen Zweck, eine Platte zu produzieren, die niemand einkaufen wird. Hat MacAuley genug Material für ein ganzes Album?«

Ich zuckte mit den Schultern. MacAuley war einer unserer temperamentvolleren Rocksänger. Dieser junge Mann aus dem gälischsprachigen Gebiet in West Cork war zu dem geworden, was als »Teenage-Rebell« bezeichnet wird, er rebellierte gegen seine Erziehung und deren Werte. Das behaupteten wir zumindest auf dem Plattencover. Er hatte sogar seinen Namen Seán Mac Amhlaoibh durch dessen englische Form John MacAuley ersetzt, um zu beweisen, daß er sich von den Werten seiner Eltern distanzierte. Ich fand diese Art von Rebellion überholt, ich mochte den Knaben nicht, und ich nehme an, daß er meine Abneigung erwiderte.

»Vielleicht«, sagte ich. »Aber begeistert wird er wahrscheinlich nicht sein.«

»Ruf ihn an und mach mit ihm einige Aufnahmetermine ab. Sag ihm, es eilt. Wir haben unserem Auslieferer einen neuen MacAuley versprochen, und ich werde dieses Versprechen halten ... mit einem Album statt einer Single.«

Wenn Art einen Entschluß fällt, dann ist es kaum möglich, ihn wieder davon abzubringen.

Seufzend griff ich zum Telefon und rief in MacAuleys Haus in Clontarf an. Als der junge Mann zu Geld gekommen war, hatte er sich als erstes ein Haus in einem der wohlhabenderen Vororte Dublins zugelegt. Seine Freundin meldete sich.

»John ist nach West Cork, zu seiner Familie«, erklärte sie leicht pikiert, als betrachte sie diese Reise als persönliche Beleidigung.

Ich muß zugeben, daß diese Auskunft mich überraschte. Wie schon gesagt, es hieß, MacAuley habe seine West Corker Gaeltacht-Wurzeln und damit auch seine Familie verworfen.

»Und wie lange bleibt er da unten?« fragte ich, dann nannte ich meinen Namen und sagte, ich müsse so bald wie möglich mit ihm sprechen.

»Das hat er nicht gesagt«, antwortete sie und klang für einen Moment nicht mehr so überheblich. »Ich glaube, es gibt in der Familie irgendeinen Ärger, und der Pfarrer hat ihn angerufen und um einen Besuch gebeten. Es kann schon einige Tage dauern. John wollte nicht hinfahren, aber der Pfarrer hat darauf bestanden.«

Ich verzog vor der Sprechmuschel meine Lippen zu einem schiefen Grinsen. Es gehörte ja doch eine recht starke Persönlichkeit dazu, Pfarrer oder nicht, um den jungen MacAuley zu etwas zu überreden, das ihm gegen den Strich ging.

»Kannst du mir seine Telefonnummer da unten geben?«

Die Freundin lachte über dieses Ansinnen.

»Seine Eltern haben kein Telefon. Das gibt's nicht in diesem gottverlassenen öden Hinterwald.«

»Aber du hast doch die Adresse?« bedrängte ich sie in meiner Verzweiflung.

Die bekam ich, und fruchtlose fünf Minuten im Gespräch mit der Auskunft bestätigten, daß sie recht gehabt hatte: MacAuleys Familie hatte kein Telefon. Als ich das Art mitteilte, wußte ich bereits, was er nun sagen würde.

»Dann solltest du hinfahren und mit ihm sprechen. Wir haben keine Zeit zu verlieren.«

Die Stadt Cork liegt knapp über hundertsechzig Meilen von Dublin entfernt, aber ich kam erst am späten Nachmittag dort an und geriet dann in einen netten kleinen Stau, als ich versuchte, die Innenstadt zu durchqueren, um auf die Straße nach Macroom und West Cork zu gelangen. Ich brauchte eine geschlagene Dreiviertelstunde, um das Stadtzentrum hinter mich zu bringen.

Ich ärgerte mich über diese Verzögerung, denn die Dämmerung brach schon herein, als ich nach weiteren vierzig Meilen den kleinen Ort Balleyvourney erreichte, der als Zentrum des irischsprachigen Teils von West Cork gilt, *Baile Bhúirne,* Felsenstadt, so ist sein ursprünglicher Name.

Ich hielt an einer Straßenkreuzung und befragte die Landkarte.

MacAuleys Dorf war jetzt nicht mehr sehr weit entfernt, aber ich mußte mehrere Meilen auf einer Gebirgsstraße zurücklegen, die sich im Zickzack durch die Ballynasaggart-Berge zog, ein grober, gewundener Pfad von Straße. Die Dunkelheit senkte sich über die gezackten Granitkämme, die sich wie eine Mauer aus überragenden, kahlen Felsen zu erheben schienen, nur an einigen Stellen waren sie mit Heidekraut bewachsen. Es war schwer vorstellbar, daß hier in über dreihundert Meter Höhe noch immer Landwirtschaft betrieben wurde. Es gab kaum Nahrung genug für die kleinen, leichtfüßigen Gebirgsschafe am Rand der Moore, in denen einst der majestätische Steinadler gehaust hatte, während jetzt Moorhühner hier ihre Zuflucht suchten. Und in dieser mit riesigen Findlingen übersäten Gegend lag Gortstrancally, der winzige Weiler, aus dem MacAuley stammte. Meine Landkarte war zweisprachig, und deshalb erfuhr ich, daß dieser Name eine englische Verballhornung von *Gort Srón na Caillí* war, Feld der Vettelnase.

Ich schaltete und machte mich an den Aufstieg in die Berge, auf der schmalen Straße, die kaum genug Platz für einen Wagen bot. Aber in dieser Gegend wimmelte es nicht gerade von Autos, und mir begegnete auch sonst kein Fahrzeug oder Fußgänger. Das Dämmerlicht breitete sich träge über den Bergen aus, und ehe ich mich's versah, war es Nacht in dieser trügerischen Landschaft. Ich machte mir nun wirklich Sorgen, denn der Karte zufolge hätte ich Gortstrancally inzwischen erreicht haben müssen. Und ich wollte ja nicht nur mit MacAuley sprechen, sondern auch den Weg zurück zur Hauptstraße und zu irgendeinem Quartier für die Nacht finden. Ich schaute auf die Uhr im Armaturenbrett und konnte einfach nicht fassen, wie lange ich für diese wenigen Meilen gebraucht hatte.

Vor einer Kurve an einer Bergkante fiel mein Blick auf ein halb in einer Steinmauer verstecktes Schild. Es war aus Holz und hing ausgesprochen schief. Ich hielt an, um es zu lesen. Die Inschrift war im alten gälischen Alphabet gehalten. *Baile an Ghort*. Hungerdorf. Ich lächelte kurz und fragte mich, worauf sie wohl Hunger verspüren mochten.

Dann hörte ich ein Geräusch, und aus irgendeinem Grund drehte ich den Motor ab, um es genauer hören zu können.

Hoch über mir am Hang wurde Dudelsack gespielt. Ich hörte einen Jig und konnte auch leises Lachen und Händeklatschen wahrnehmen. Ich schaute hoch und entdeckte nicht allzu weit entfernt ein schwaches, flackerndes Licht. Meine Autoscheinwerfer zeigten mir, daß das Holzschild auf einen schmalen Pfad wies, auf einen Stieg, der wie eine Treppe in den Felsboden gehauen zu sein schien.

Ich war seit einer Viertelstunde zu der Überzeugung gelangt, mich verirrt zu haben, und das hier war nun eine hervorragende Möglichkeit, um mich nach dem richtigen Weg zu erkundigen. Diese Berge waren nicht so dicht bevölkert, daß ich auf andere Möglichkeiten hoffen könnte. Und deshalb ließ ich den Motor wieder an und fuhr den Wagen auf die andere Seite der Kurve, um eventuellen anderen Fahrzeugen den Weg nicht zu versperren, obwohl, wie gesagt, auf dieser verlassenen Bergstraße diese Wahrscheinlichkeit nicht allzu groß war.

Ich steckte meine Taschenlampe ein und griff dann nach kurzem Zögern zu dem kleinen Kassettenrekorder, den ich aus purer Gewohnheit immer im Auto liegen habe. Das, was der Sackpfeifer da in der Nachtluft zustande brachte, brachte mich auf den Gedanken, daß es sich lohnen könnte, ein oder zwei Stücke aufzunehmen.

Dann machte ich mich auf den Weg über diesen unebenen und schwierigen Stieg, der zwischen zwei Steinmauern nach oben führte. Seltsamerweise hatte ich nach einigen Minuten das Gefühl, durch eine stickige gelbe Nebelbank in die klare Luft der höher gelegenen Berge zu treten. Hier war es kühl, und die Nachtluft war wie aus Kristall unter einem ultramarinblauen Baldachin, in dem helle weiße Lichter flackerten, als Millionen von Sternen am Himmel tanzten.

Mir war nicht klar gewesen, daß ich dem Dorf schon so nahegekommen war, doch vor mir entdeckte ich im Zwielicht ein halbes Dutzend Katen mit Strohdächern, deren weißgekalkte Wände auch jetzt noch sichtbar waren. Sie umstanden ein *móinín*, einen Dorfanger, jedenfalls hielt ich es dafür. Dort brannte ein großes Feuer, an dem Dorfbewohner und Musiker sich versammelt hatten. Der Sackpfeifer hörte auf zu spielen, und ein heftiger Applaus zeigte, wie zufrieden sein Publikum war.

Als ich weiterging, drehte sich jemand um, sah mich und flüsterte seinem Nebenmann etwas zu. Alle verstummten und sahen zu, wie ich mich dem Feuer näherte. Ich konnte ihre Gesichter nicht deutlich sehen, konnte ihre Neugier aber spüren.

»Guten Abend«, rief ich ihnen zu.

Sie tuschelten, und dann trat jemand vor.

Es war ein Mann, sicher ein älterer Mann, darauf wiesen seine hängenden Schultern hin, mit groben, in seine Stiefel gesteckten Hosen. Er trat einen Schritt auf mich zu.

»*Dia dhuit*«, grüßte er auf irisch.

»*Dia's Muire dhuit*«, erwiderte ich automatisch.

Der alte Mann seufzte scheinbar erleichtert auf.

»Ach, du sprichst gälisch? Das ist gut, ich kann nämlich nur ein bißchen englisch.«

Der Mann war wirklich alt, aber seine kräftige, hochgewachsene Gestalt hatte trotz der hängenden Schultern nichts Schwächliches. Seine zahnlosen Kiefer hatten sich um ein stinkendes Stück Rotdorn geschlossen, das meine Nase auch auf mehrere Schritte Entfernung hin plagte.

»Du bist ein Fremder«, sagte er auf irisch.

»Ja«, antwortete ich. »Ich suche die Straße nach Gortstrancally.«

Ich war stolz auf meine guten Irischkenntnisse, ich hatte mich in der Schule für dieses Fach ganz besonders engagiert und meine Eltern überredet, mich in den Sommerferien in irischsprachige Gegenden zu schicken, damit ich meine Fähigkeiten noch erweitern könnte.

»Ach ja?« Er nickte. »Dann wirst du feststellen, daß es nachts eine lange, schwierige Straße ist. Im Dunkeln brauchst du vielleicht viele Stunden. Komm erst einmal ans Feuer und wärm dich ein wenig auf. Wir werden schon ein Bett für dich finden, und dann kannst du morgen deine Reise fortsetzen.«

»Aber bin ich von Gortstrancally denn noch so weit entfernt?« fragte ich, überrascht, weil ich mich offenbar dermaßen verfahren hatte.

Der alte Mann nickte. »Zu weit, um das noch diese Nacht zu schaffen«, bestätigte er.

»Aber ich kann eure Gastfreundschaft doch nicht ausnutzen«, widersprach ich ohne große Glut.

»Aber haben wir denn nicht immer ein Bett für einen Fremden?« fragte er fast beleidigt. »Hör auf, Mann, trink jetzt einen Schnaps zum Aufwärmen.«

Er führte mich ans Feuer, wo ein Geiger, der auf einem dreibeinigen Schemel vor dem Feuer saß, jetzt zu einem Stück ansetzte. Es war eine fröhliche, mitreißende Melodie, und der Sackpfeifer, der in seiner Nähe saß, betätigte nun wieder die *Uilleann Pipes,* seine Ellbogen bearbeiteten den keuchenden Blasebalg. Und bald klatschten wieder alle in die Hände und stampften mit den Füßen auf. Eine grinsende alte Vettel drückte mir einen Tonbecher in die Hand. Der leicht moorige Geschmack des Whiskeys war einfach köstlich.

»Habt ihr hier einen *céili*?« fragte ich den alten Mann, obwohl das eigentlich offensichtlich war.

»Ist denn nicht *Lughnasa*?« erwiderte er fast schon übertrieben geduldig. »Feiert dann nicht alle Welt?«

Ich hatte gar nicht bedacht, daß es der letzte Juliabend war. In den letzten Jahren war es in Mode gekommen, einige der alten heidnischen irischen Feste wie *Lughnasa,* eines der vier hohen Feste des keltischen Jahres, wieder aufleben zu lassen.

Plötzlich erregte eine junge Frau, die in den Lichtkreis des Feuers trat, meine Aufmerksamkeit. Sie hatte die für die Landbevölkerung so typischen hohen Wangenknochen, eine helle Haut, zartrosa Wangen, hellblaue Augen und rabenschwarze Haare. Ich hatte gehört, daß diese Farbkombination auf Französisch *yeux de pervenche* genannt wird. Ihre Schönheit beruhte nicht auf Mode oder Kunstgriffen. Es war eine Schönheit, bei der mein Herz einen Schlag aussetzte. Ihre schlanke Gestalt trug einen scharlachroten Rock aus grobgesponnenem Tuch und eine weiße Bluse unter einem enggeschnürten schwarzen Mieder.

Sie trat vor und blieb erwartungsvoll stehen. Ihre Hände hatte sie an ihre Seiten gepreßt, ein leichtes Lächeln lag auf ihren roten Lippen. Sie wartete.

Dann trat ein junger Mann vor sie. Er war ein typischer Bauernjunge, kräftig und muskulös. Er schien seinen feinsten Staat zu tragen.

Der Fiedler hatte sechzehn Takte eines Doppeljigs gespielt. Dann setzten die Tanzenden sich in Bewegung. Und wie gut sie zueinander paßten! Ich war fast eifersüchtig auf den jungen Mann, als seine maskuline Kraft ihre feminine Grazie noch betonte. Seine Hände hingen locker herab, während er sich durch die komplizierten, verwundenen Schritte ausdrückte – sie schienen Frohsinn und Lebensfreude zum Ausdruck zu bringen. Die Frau blieb ruhig stehen, bis die Reihe an sie kam, mit gelassener Schönheit der Bewegungen vorzutreten, wobei ihre leichteren Schritte, bei denen sie die Hände vor ihrer Brust gefaltet hatte, noch graziöser und ungezwungener wirkten. Ihr Gesicht war eine sphinxartige Maske, nur ein leichtes Lächeln huschte ab und zu über ihre Lippen und verriet ihre Freude am Tanz.

Ich hatte kaum je eine bessere Vorführung des traditionellen Tanzstils gesehen.

Der Tanz endete, und sofort wechselte der Fiedler auf einen lärmenden Eight-Hand-Reel über.

Ich drehte mich zu dem alten Mann um.

»Ihr lebt hier ziemlich isoliert«, sagte ich, eigentlich vor allem, um Konversation zu machen.

Er schien ausspucken zu wollen, beschränkte sich dann aber darauf, diese Handlung nur mimisch vorzuführen.

»Isoliert? Sind wir nicht von den schottischen Sied-
lern vor langer Zeit aus dem fruchtbaren Tiefland hier
herauf vertrieben worden?«

Ich lächelte. »Das ist lange her.«

»Wie lange reicht die Erinnerung? Wir wurden in die
kahlen Berge getrieben, um nach Gutdünken der Sied-
ler zu leiden und zu sterben. Viele von uns starben in
den Wintern, ehe wir die ersten Ernten erzielen konnten. Aber nicht alle sind gestorben. Wir haben an den
felsigen Hängen kleine Beete angelegt, haben mit Blut
und Schweiß Moor und Steinen Erde entrissen. Und
das Leben wurde zu einem Kampf gegen die Natur, als
wir versuchten, die uns umzingelnde karge Wildnis
auszusperren und das wenige Land zu retten, das zu
retten war.«

»Aber das ist lange her«, wiederholte ich. So, wie der
alte Mann es erzählte, hätte er auch in den grauenhaften
Tagen der Enteignung und Neubesiedlung leben können, als Cromwell die irische Bevölkerung unter
Todesdrohungen auf das Westufer des Shannon gejagt
hatte, mit der Aufforderung, die Iren sollten sich »nach
Connacht oder in die Hölle« scheren.

Der alte Mann wiederholte seine Spuckmimik noch
einmal. »Wir sind die Kinder dieser Trauer. Und diese
Erinnerung wird immer bei uns sein. Wir müssen ewig
auf der Hut sein, denn Sumpf und Moor, Heide und
Dornstrauch, Fels und Stein aus den brüchigen Berg-
wänden warten vor unseren Mauern und wollen ihren
alten Besitz zurückerobern. Wenn du dein Feld auch
nur für einen Tag allein läßt, dann wirst du bei deiner
Rückkehr Felsquader finden, die die Erdkrume durch-
brechen, die Heide wird am Boden nagen. Alles wartet,
wartet immer.«

Und seltsamerweise lief mir bei diesen Worten ein kalter Schauer den Rücken hinunter.

Dann registrierte ich, daß der Fiedler jetzt ein traurigeres Stück spielte. Ich blickte auf, und ich sah die junge Frau, die so entzückend getanzt hatte. Sie trat in bescheidener Haltung vor und faltete locker vor ihrer Brust die Hände. Ihre Augen hatte sie niedergeschlagen.

Der Fiedler spielte einige Takte, und ich erkannte die Melodie des alten Liedes *An draighean donn,* der Schlehdorn.

Rein instinktiv zog ich den kleinen Kassettenrekorder hervor, stellte ihn neben mir auf die Holzbank und schaltete ihn ein. Ich nahm ungeheuer gern traditionelle Lieder auf und hoffte, Art dazu überreden zu können, ein neues Album mit solchen Liedern zu produzieren, die von traditionellen Sängern und nicht von Profis vorgetragen wurden. Es gab noch immer eine Menge an traditionellen Talenten in Irland.

Die Frau sang in einem weichen Sopran, melodisch und melancholisch wie eine leichte Brise. Sie hatte schon die erste Zeile vorgetragen, *Fuaireas féirín lá aonaigh ó bhuachaill dheas,* als ich sah, daß sie ihren Blick gehoben hatte und mir in die Augen schaute.

Viele denken, wenn sie trinken, daß ich die ihre bin,
doch wenn sie fragen
und wenn sie bitten, höre ich gar nicht hin.
Sein Gesicht ist schöner noch als der Himmel
und der Traum,
und seine Brust ist wie die Blüte des feinen,
reinen Schlehenbaum.

132

Wie süß und verlockend sie doch aussah. Ich spürte, wie mir das Blut in die Wangen stieg, und verlegen machte ich mich an meinem Whiskeybecher zu schaffen, um meine Nervosität zu überspielen. Ihre Lippen kräuselten sich angesichts meiner Ungeschicklichkeit, und sie sang weiter und schaute mich dabei noch immer an.

Doch nur die Toren, nur die Narren,
die großen Bäume fällen,
das, was wir brauchen, das wächst im Gras,
dort unten bei den Quellen,
die Eberesche wächst zwar gen Himmel,
doch bitter ist ihre Beer',
ganz nah am Boden gibt's süße Früchte,
die munden gar viel mehr.

Ich schaute mich ängstlich um, aber aller Augen hafteten an der *amhránaí*, der süßen Sängerin; niemand achtete auf mich. Sie registrierten auch nicht, daß die junge Frau mich so vielsagend anstarrte.

Ich bin dein, Herz, sei du auch mein,
Herz, denk nicht an Gold,
ich bin dein, Herz, sei du auch mein,
Herz, sei du mir hold.
Nimm mich, noch hab ich kein ungeboren Kind,
nimm mich,
denn ohne dich bin ich ein Blatt im Wind.

Das Lied endete in unheimlicher Stimmlage. Dann, in einem abrupten Stimmungsumschwung, stimmte der Fiedler einen Eight-Hand-Reel, und die Frau verschwand im Gewimmel der Tanzenden.

Ich ertappte mich dabei, daß ich leicht schwitzte, als ich den Kassettenrekorder ausschaltete und wieder in die Tasche steckte.

Ich wandte mich an den alten Mann.

»Wer ist diese junge Frau?«

»Die *amhránaí*?« er lächelte. »Das ist Emer Ní Muirgheasa. Ein trauriger Name.«

Ich runzelte die Stirn.

»Traurig? Der Name hat etwas mit dem Meer zu tun, nicht wahr?«

Er nickte langsam. »Erwählte des Meeres. Und dieser Name ist traurig, da sie erst zwei Wochen verheiratet war, als ihr Mann Eoin nach Kenmare gewandert ist, um sich Arbeit auf einem Fischerboot zu suchen, und nach einer weiteren Woche ist er dann draußen bei den tückischen Skelligs ertrunken. Er war der Erwählte der See, *mhuise*.«

Diese Bestätigung begleitete er mit einem heftigen Nicken.

Der Reel verstummte, doch ehe die Tanzenden zum Stillstand gekommen waren, hatte der Fiedler schon das nächste Stück angestimmt, einen Jig, und dann stand die Frau plötzlich vor mir und lächelte zu mir herab. Sie streckte einladend die Hände nach mir aus.

Errötend kam ich auf die Füße.

»Ich habe seit Jahren keinen Jig mehr getanzt«, sagte ich, aber ihre kühlen Hände hatten meine schon erfaßt und zogen mich in den munteren Tanz hinein.

Ich weiß nicht, wieso es mir gelang, mich an die Tanzschritte zu erinnern. Ich hatte zuletzt als Schuljunge getanzt. Ich überlebte auf irgendeine Weise, ich ließ meine Partnerin nicht aus den Augen, die mit fröhlichem Lächeln geschickt allen komplizierten Tanzfiguren folgte.

Einigermaßen außer Atem lächelte ich sie dann am Ende des Tanzes unsicher an. Ich wußte nicht, was ich sagen sollte.

Und dann schien die Menge sich zu zerstreuen.

Der Tanz war beendet. Der *céilí* war zu Ende.

Der alte Mann stand neben mir.

»Wir suchen dir für heute nacht ein Bett, dann kannst du morgen deine Reise fortsetzen«, sagte er.

»In meiner Hütte gibt es ein Bett«, sagte der sanfte, atemlose Sopran der jungen Frau.

»Das ist allerdings wahr«, gab der alte Mann zu. »Damit ist die Sache geklärt. *Oíche mhaith, a mhic.*«

Noch ehe ich ihm ebenfalls eine gute Nacht wünschen konnte, war der alte Mann verschwunden.

Und die Frau und ich standen beim sterbenden Feuer auf dem *móinín*. Sie lächelte mich fast schon kokett an, dann drehte sie sich um und ging auf das Dorfende los.

»Ich ... also, ich hoffe, ich mache keine großen Umstände«, sagte ich unbeholfen, während ich versuchte, mit ihr Schritt zu halten. »Ich will nach Gortstrancally, aber offenbar habe ich mich verfahren.«

»Kein Problem«, rief sie über ihre Schulter. »Was sein muß, muß sein.«

Wir erreichten eine alte graue Steinkate am Dorfrand, und sie ging hinein. Ich folgte und fand mich in einem einzigen, weiten Raum wieder, wo in einem großen Kamin ein Torffeuer schwelte.

Ich starrte es voller Erstaunen an.

Ich hatte das Gefühl, ein Volkskundemuseum betreten zu haben oder ins letzte Jahrhundert zurückversetzt worden zu sein.

»Laß die Hitze nicht entweichen«, lautete der scharfe Befehl der Frau, denn, wie ich zugeben muß, ich war mit offenem Mund auf der Türschwelle stehengeblieben. Verlegen ging ich ins Haus und machte die Tür hinter mir zu.

»Das ist wirklich eine hervorragende«, ich runzelte die Stirn, weil mir das passende Wort auf Irisch nicht einfiel. »Eine wundervolle Kopie einer Kate, so wie sie vor hundert Jahren ausgesehen haben muß.«

Die Frau starrte mich kurz an und zuckte mit den Schultern.

»Es ist nur eine armselige Kate«, sagte sie gleichgültig. Aber der Raum war mit echten Antiquitäten eingerichtet. Ich hatte niemals etwas Ähnliches gesehen. Eine Großvateruhr in der Ecke ließ ein rhythmisches und hohles Ticktack hören. Die Uhr mußte uralt sein.

»Es tut mir leid«, mir ging plötzlich auf, wie spät es bereits war. »Ich halte dich auf. Wo soll ich schlafen?«

Sie wandte sich zu mir um, und wieder sah ich das neckende, boshafte Lächeln auf ihren Lippen.

»Weißt du das nicht?« hauchte sie.

Ich bin dein, Herz, sei du auch mein,
Herz, denk nicht an Gold,
ich bin dein, Herz, sei du auch mein,
Herz, sei du mir hold.
Nimm mich, noch hab ich kein ungeboren Kind,
Nimm mich,
denn ohne dich bin ich ein Blatt im Wind.

Ich konnte kaum glauben, daß ich das wirklich erlebte, als sie auf mich zukam und ihren weichen, warmen Leib an meinen schmiegte, ihr Gesicht zu mir hob und ihre Lippen einladend öffnete. Ich zögerte nur kurz, dann beschloß ich, mich meinem Schicksal zu ergeben.

Ich hatte das seltsame Gefühl, mich in ein tiefes, geheimnisvolles Wasser sinken zu lassen, als ich meine Lippen zu ihren senkte. Irgendwo, vielleicht auch nur in meiner Phantasie, hörte ich das leise, klagende Lied eines fernen Sackpfeifers.

Ich erwachte mit einem Gefühl des Unbehagens. Emer lag neben mir im warmen Holzbett. Eine Decke lag über uns. Es war noch dunkel, aber ich schaute auf die Uhr, und die selbstleuchtenden Zeiger verrieten mir, daß die Dämmerung nicht mehr fern war. Ich konnte den zögernden Einsatz von Vogelstimmen hinter der Kate hören. Emer schlief tief. Und sogar im Schlaf klang ihr Atem sanft. Die Torfscheite zischten im Feuer, und ansonsten war nur das durchdringende Ticken der Großvateruhr in der Ecke zu hören.

Vorsichtig stieg ich aus dem Bett, ich wollte sie ja nicht stören. Es war noch kalt so früh am Morgen, und deshalb zog ich mich ganz schnell an. Ich weiß nicht so recht, warum ich unbedingt so früh schon aufstehen wollte. Ich nehme an, ich wollte früh aufbrechen, um endlich den Weg nach Gortstrancally zu finden, und außerdem hatte ich meine Toilettensachen im Wagen unten auf der Straße gelassen. Ich bin in dieser Hinsicht ziemlich heikel, und ich wollte meine Tasche holen und damit zurück zur Kate gehen. Es würde mir guttun, mich vor meinem Aufbruch waschen und rasieren zu können.

Ich verließ die Kate und sah draußen ein trübes graues Licht, daß den Morgen ankündigte, tief, tief unten hinter den Bergen auf der anderen Seite des Tales.

Das Dorf schlief noch.

Vorsichtig stieg ich den Pfad zur Straße hinunter. Auf halbem Weg geriet ich plötzlich in einen eiskalten Nebel, in ein wirbelndes Grau, das mit eisigen Fingern nach meinem Atem griff und meine Nasenlöcher mit ekelhaftem Gestank füllte. Ich stolperte weiter und stieß mit den Zehen gegen den unebenen, steinigen Boden. Dann rutschte ich aus, und grunzend, als die Luft aus meinem Körper entwich, rutschte ich über die niedrige Steinmauer und landete zerschunden auf der anderen Seite.

Ich blieb einen Moment liegen, fluchte leise vor mich hin und bereute, aus purer Eitelkeit den Weg zu meinem Wagen angetreten zu sein.

Als ich noch da lag, hörte ich plötzlich auf dem Stieg eilige Schritte. Es ist schwer zu beschreiben, aber es war eine Art schwappendes Geräusch, wie die Schritte feuchter Gummistiefel. Ich drehte mich auf die Seite und wollte schon einen verlegenen Gruß rufen, aber etwas hinderte mich daran. Bis heute weiß ich nicht, was es war. Irgendeine grauenhafte Vorahnung, die mit kaltem Griff mein Herz zudrückte.

Vielleicht war es der Geruch. Der Geruch des Meeres, durchmischt mit dem Gestank von fauligen Fischen und Seetang, ein so starker Gestank von Verwesung, daß mir die Galle in die Kehle stieg.

Die Schritte verloren sich auf der anderen Seite der niedrigen Steinmauer. Ich hatte den Eindruck von einer untersetzten, schweren Gestalt. Der Nebel machte uns beide unkenntlich. Und dann war der Gestank verflogen.

Stirnrunzelnd rappelte ich mich auf und tastete mich ab, um mich davon zu überzeugen, daß ich nur einige Schrammen und den Verlust meiner Würde davongetragen hatte, dann stieg ich wieder über die Mauer und ging weiter nach unten.

Als wäre ich durch eine Tür getreten, so brachte ein Schritt mich aus dem Nebel hinaus in das graue Licht des Morgens. Seit ich das Dorf verlassen hatte, war die Dämmerung wirklich auf überraschend abrupte Weise heraufgezogen. Und mein Wagen stand hinter der Kurve, so, wie ich ihn verlassen hatte.

Die Luft war erfüllt von lärmenden, nörgelnden Vogelstimmen. Ich nahm meine Reisetasche aus Leinen aus der Tasche und machte mich munter an den Aufstieg zum Dorf.

Ich wußte nicht, welch gnädiges Schicksal mich mit Emer zusammengeführt hatte, aber ich wußte, daß in dieser Nacht irgendeine Chemie zwischen uns ihre Wirkung getan hatte. Das Schicksal hatte uns zusammengeführt. Das Schicksal ... und ein Rocksänger namens John MacAuley. Ich mußte grinsen, als ich den Pfad zum Dorf und zu Emers Kate hochstieg.

Es ist schwer, die Anziehungskraft zu beschreiben, die wir aufeinander ausübten; eine fast beängstigende lustvolle Faszination, die es uns gestattete, alle natürlichen Schranken fallen zu lassen und uns nur der Befriedigung unserer Leidenschaften zu widmen.

Es war so, als seien wir zu dieser Begegnung verurteilt gewesen.

Ich kletterte weiter nach oben und lächelte glücklich über meine frischerwachte Verliebtheit. Seltsam, wie anders manches bei Tageslicht aussieht als in der Nacht. Der Weg zum Dorf kam mir jetzt überwuchert und unbenutzt vor. Ich erreichte das Tor in der Mauer und blieb stehen. Meine Blicke suchten das Dorf. Der Nebel hatte sich gelichtet, und das frühe Tageslicht ließ den Berghang aufleuchten, als die ersten Sonnenstrahlen über die Gipfel im Osten lugten.

Voller Entsetzen starrte ich die Häuser an, und meine Tasche fiel aus meinen gefühllosen Fingern zu Boden.

Der Dorfanger, auf dem wir in der Nacht getanzt hatten, war ein Dickicht aus Dornen und Heidekraut. Die Katen, die im behaglichen Licht des Feuers sauber und frischgekalkt ausgesehen hatten, waren zerfallen, die Dächer eingestürzt, Schlingpflanzen verdeckten einige Mauerreste und schlängelten sich durch die Fensterlöcher ein und aus.

Mein Herz hämmerte los.

Ich drehte mich zur letzten Kate um, zu der Kate, die ich erst vor wenigen Minuten verlassen hatte.

Sie war so alt und heruntergekommen wie die anderen.

Ich stürzte zur Tür, sie war verfault, die Farbe war abgesplittert, ich stieß sie auf und wußte nur zu gut, was ich dahinter vorfinden würde.

Das Dach war eingestürzt, aber ich konnte doch das Zimmer noch erkennen. Es gab kaum einen Zweifel. Dort war der Kamin, in dem vor kurzem noch ein gesundes Torffeuer gezischt hatte. Dort war die Ecke, in der die Großvateruhr gestanden hatte, und da … da war der verfaulte Holzrahmen eines Bettes, wo Emer und ich uns vor sehr kurzer Zeit auf einer Eiderdaunmatratze geliebt hatten.

Mir wurde schlecht und schwindlig, als meine Gedanken versuchten, diesem Irrsinn irgendeinen Sinn zu entlocken.

Plötzlich hörte ich eine weiche Sopranstimme durch die Reste der zerfallenen Kate flüstern:

Ich bin dein, Herz, sei du mein,
Herz, denk nicht an Gold,
ich bin dein, Herz, sei du mein,
Herz, sei du mir hold.
Nimm mich, noch hab ich kein ungeboren Kind,
nimm mich, ohne dich bin ich ein Blatt im Wind.

Und dann folgte ein entsetzlicher Angstschrei, und das Lied war verstummt.

Mein Entsetzen fesselte mich für einen Moment an diese Stelle, dann fuhr ich herum und stürzte in blinder Panik davon, als hänge mein Leben davon ab. Ich schnappte mir meine Tasche, jagte durch das Tor in der Mauer und stolperte zur Straße hinunter. Wie von den Hunden der Hölle gehetzt, ließ ich mich ins Auto fallen und betete, daß es in der kalten Morgenluft anspringen möge. Ich brauchte jedoch nur einmal den Schlüssel umzudrehen, und schon fuhr ich in schnellem Tempo über die Gebirgsstraße.

Ich hielt an, als ich nach einigen Meilen ein Dorf erreichte, Gortstrancally, wie sich herausstellte. Ich parkte auf dem Platz vor einer kleinen Kirche und blieb zitternd und in Schweiß gebadet sitzen, ich versuchte zu begreifen, was mir da passiert war, und konnte doch nicht glauben, was meine eigenen Sinne mir berichteten.

Gleich darauf registrierte ich, daß eine schwarzgekleidete Gestalt neben dem Wagen stehenblieb.

»Guten Morgen«, sagte eine muntere Stimme. »Haben Sie Probleme?«

Ich zwang mich zu einer freundlichen Grimasse. »Das geht schon, Herr Pfarrer«, antwortete ich. Dann fragte ich: »Bin ich hier in Gortstrancally?«

»Richtig.«

»Ich suche John MacAuley. Ich komme aus Dublin.«

Der Priester lächelte nachsichtig. »Ach, Sie meinen den jungen Séan Mac Amhlaoibh. Den finden Sie sicher im Haus dort gegenüber bei Seán Mór. Das ist das Haus seines Vaters. Seine Mutter war krank, aber *buíochas le Dia,* es geht ihr jetzt besser.«

»Danke, Herr Pfarrer.«

Er wollte schon weitergehen, zögerte dann aber. »Ist wirklich alles in Ordnung mit Ihnen?« fragte er mit eindringlicher Stimme. »Sie sehen nicht gut aus.«

Ich schüttelte den Kopf.

»Ich bin eben ein Morgenmuffel«, versuchte ich zu scherzen. Dann überlegte ich mir die Sache anders. »Aber vielleicht könnten Sie mir etwas sagen. Auf dem Weg hierher bin ich an einem Wegweiser zu einem Dorf namens *Baile an Ghort* vorbeigekommen. Wissen Sie irgend etwas über diesen Ort?«

Die Augen des Pfarrers erweiterten sich ein wenig.

»Ach, interessiert Sie der Name? Hungerdorf?«

Ich nickte, ich wollte mich nicht noch weiter bloßstellen.

Der Pfarrer rieb sich das Kinn.

»Das war zur Zeit der Großen Hungersnot. Das kleine Dorf hatte arg zu leiden. Nicht ein Mensch überlebte. Seit 1847 ist es ein Dorf der Erinnerungen und der Geister. Deshalb hat es später den Namen Hungerdorf erhalten. Aber nicmand hat je wieder dort gelebt.«

Ich starrte ihn lange an. Mein Gesicht muß eine Maske des Entsetzens gewesen sein. Aber er schien gar nicht auf mich zu achten.

»Zweimal in einem einzigen Jahr gab es dort eine Tragödie. Zweimal! Und manche werden Ihnen sagen, daß diese beiden Tragödien nicht ohne Zusammenhang waren.«

»Zwei Tragödien? Wie meinen Sie das?«

»Nun, als Gott in Seinem unerforschlichen Ratschluß gestattete, daß der entsetzliche Hunger das Dorf zerstörte, wurde das von manchen nur als Buße für die erste Tragödie betrachtet.«

»Was war das für eine Tragödie?« fragte ich, mit vor Aufregung ein wenig schriller Stimme.

»Ach, eine junge Frau wurde von ihrem Mann ermordet.«

Wieder überlief mich ein eisiger Schauer.

»Wissen Sie mehr darüber?«

Der Pfarrer lachte.

»Hier in dieser Gegend kennen alle die Geschichte. Aber, mein Sohn, es ist wirklich keine angenehme Sache. Dieser Mann war frischverheiratet. Seine Frau soll sehr schön gewesen sein. Aber in den ersten Jahren der großen Hungersnot gab es hier keine Arbeit, und deshalb ging er nach Kenmare und heuerte auf einem Fischerboot an. Dann kam die Nachricht, er sei ertrunken. Aber er kehrte dann nach einiger Zeit zurück, und angeblich fand er seine Frau mit einem Fremden im Bett … mit einem Wanderer, der im Dorf um ein Nachtquartier gebeten hatte. Halb wahnsinnig und voller Wut brachte der Mann seine Frau um.«

»Und was passierte dann?« fragte ich, fast heiser vor Spannung.

»Weder der Mann noch der Fremde wurden jemals wiedergesehen. Natürlich stellte die Polizei ihre Untersuchungen an, und seltsamerweise waren die Fischer in Kenmare bereit zu schwören, daß der Ehemann Wochen vor dem Mord ertrunken sei. Er war in der

Nähe der Skelligs über Bord gefallen und davongeschwemmt worden. Aber es gab widersprüchliche Aussagen, ein Dorfbewohner konnte beschwören, daß der Mann vor seinen Augen in die Kate seiner Frau gegangen war. Und zwar im Morgengrauen des Tages, an dem sie dann tot aufgefunden wurde. Die Polizei wollte ihm nicht glauben, und der Mord wurde dem Fremden angelastet.«

»Und der Fremde wurde nie gefunden?«

»Nein«, der Pfarrer schüttelte den Kopf. »Wie gesagt, weder der Mann noch der Fremde wurden je gefunden. Und das war das Ende der Tragödie. Nur hielten manche es für die Rache Gottes, als die gesamte Dorfbevölkerung während der Großen Hungersnot ums Leben kam. Damals wurde den Dorfbewohnern von vielen hier vorgeworfen, den Ehemann zu verstecken. Wie hieß er doch noch gleich?«

»Ó Muirgheasa«, der Name rutschte mir heraus.

Der Pfarrer runzelte kurz die Stirn.

»Ja. Ich glaube, Sie haben recht. Sie kennen die Geschichte also schon?«

Ich schüttelte den Kopf.

Der Pfarrer zuckte mit den Schultern. »Nun ja, es ist eine seltsame Geschichte, und auf jeden Fall hat seither Gottes Fluch auf dem Dorf gelastet.«

Dann zeigte er auf ein Haus auf der anderen Seite des Platzes. »Sie werden den jungen Seán in Seán Mórs Haus finden. Gott sei mit Ihnen.«

Zwei Tage später fand ich im Studio in Dublin endlich den Mut, meinen Kassettenrekorder auszupacken und ihn vor mich auf den Tisch zu stellen. Ich starrte ihn lange an und streichelte ihn wie eine Ikone, voller Angst davor, was er mir zeigen würde.

Ich dachte an ihren sanften, atemlosen Sopran ... und an das Lied, das sich an mich richtete, an mich allein.

Vielleicht war es das Schicksal, vielleicht hatte ich ein verzaubertes Stück Volksmusik aufnehmen können, das von nun an unsterblich sein würde - ein ewiges Liebeslied.

Ich raffte all meinen Mut zusammen, spulte das Band zurück und drückte auf »play«.

Mein Herz hämmerte wild drauflos, als das Tonband mit Hintergrundgeräuschen zum Leben erwachte. Die Musik war wirklich vorhanden.

Wer auch dagegen, soll mich nicht schrecken,
mein Herz ist dein,
wer auch dagegen, soll mich nicht schrecken,
mit schnödem Schein,
wer auch dagegen, soll mich nicht schrecken
und sei verflucht,
denn dich, mein Liebster, dich hab ich immer,
immer gesucht.

Diese Worte schienen eine neue Bedeutung anzunehmen, aber es waren nicht diese Worte, die mein Herz erstarren ließen. Sondern die Stimme, die sie sang, eine uralte, schrille Stimme, das mißtönende Gackern eines unermeßlich hohen Alters.

Glossar

airiú	Ausruf des Erstaunens
aisling	Traum, Vision
amaidí chainte	gesprochen wie ein Narr
amhránaí	Sängerin
baile	Ort, Stadt
Bhaile Bhúirne	irischer Name der Stadt Ballyvourney, Co. Cork
bothán	Hütte
brón	Kummer
buachaill	Knabe
a bhuachaill	Anredeform
buíochas le Dia	Gott sei Dank
cailleach	altes Weib, Vettel
céili, céilidh	geselliges Beisammensein
clochán	Steinhütte, geformt wie ein Bienenkorb
cnoc	Hügel
Corcadhuibhne	irischer Name der Halbinsel Dingle
currach	leichtes Ruderboot
dearg	rot
deisceart	Süden
Dia	Gott
a Dhia na bheirt	(etwa) das möge Gott verhüten

Dia linn	Gott sei mit uns
Dia duit	Gott sei mit dir, üblicher Gruß
Dia's Muire duit	Gott und Maria seien mit dir, Antwort auf *Dia duit*
donn	braun
draighean	Schlehdorn
dún	Festung
Dún Chaoin	irischer Name des Orts Dunquin in Kerry
eachtrannach	Fremder
feadóg	Flöte
feadóg stáin	Blechflöte, Tinwhistle
feis	Fest
Fomori	der Sage nach eine frühere Bevölkerungsgruppe in Irland
fuaireas féirín lá aonaigh ó bhuachaill dheas	am Markttag wirst du von deinem Liebsten ein Geschenk bekommen
Gaeltacht	irischsprachiges Gebiet
gallán	Hinkelstein, Menhir
Garda Síochána	die irische Polizei
garsún	Knabe
go raibh maith agat	danke
gort	Feld
gorta	Hunger
Ifreann	Hölle
inis	Insel
Lughnasa, Lúnasa	August
mac	Sohn
a mhic	Anredeform »mein Sohn«
maith	gut
an-mhaith	sehr gut
is ró mhaith uait é sin	das ist wirklich viel zu nett von ihm
marbh	tot
móinín	Dorfanger
mór	groß

mothar	Dickicht
muise!	Ausruf der Bestätigung
naomhóg	kleines Ruderboot
nár lige Dia	(etwa) das möge Gott verhüten
oíche	Nacht
oileán	Insel
ortha	Gebet, Beschwörung
Penal Laws	Gesetze, die die irischen Katholiken fast aller Rechte beraubten, zwischen dem Ende des 18. und Mitte des 19. Jahrhunderts schrittweise aufgehoben
poitín	illegal gebrannter Whiskey
poll	Loch
uilleann	Ellbogen
uilleann pipes	irischer Dudelsack, wird mit einem Blasebalg betrieben, nicht geblasen wie z. B. die schottischen Varianten
rath	Erdwall
reilig	Friedhof
rua, ruadh	fuchsrot
samhain	November
sceilg	Felsen, Klippe (in der englischen Variante von Ortsnamen zumeist: Skellig)
sean	alt
seomra	Zimmer
sin é	so ist es
sleaghán, auch: sléan	Torfspaten
srón	Nase, Rüssel
taibhse	Gnom, Schrat, Kobold
táin	Viehraub (mehrere irische Epen des Mittelalters behandeln das Thema, das bekannteste ist »Táin Bó Cuailgne«, »Der Viehraub von Cuailgne«)
tigh	Haus
tromluí	Alptraum

148